• 衛斯理小說典藏版 67 •

U0164695

願望猴神

衛斯理
親自演繹衛斯理

《願望猴神》

新之又新的序言，最新的

衛斯理小說從第一次出版至今，歷時已近半世紀，總共出了多少正版，還能計得清，若是連盜版一起算，那就算找外星人來算，也算勿清楚哉！不知能不能也算世界紀錄。

算得清好，算勿清也好，能幾十年來不斷出新版，說明不斷有讀者加入，對作者來說，沒有更值得高興的事了，謝謝所有喜歡衛斯理的人，謝謝謝謝。

二〇二〇年六月四日 香港

幾句話

寫了四十多年小說，論者將拙作分為三個時期：早、中、晚。在明窗出版的一批，屬於早期和中期的上半。三個時期的創作風格有相當程度的不同，所以風評不一。本人並無偏愛，但讀友對早期的作品，頗有好評，大抵是由於在早、中期作品之中，主要人物精力充沛，活力無窮，所以使故事曲折多變，小說也就格外吸引。明窗出版社此次重新出版這批作品，正好讓大家來證明這一點。

四十餘年來，新舊讀友不絕，若因此而能有新讀友，不亦快哉！

二○○五年十一月六日

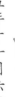

序言

《願望猴神》是《連鎖》的下集，因為猴神可以給人願望。整個故事中十分異特的一點是，當人在一化為二時，化身和本身，性格行為上截然不同。

在故事中，把化身稱為「副本」，副本其實還是和正本一樣的，只不過把正本隱藏着的一切，由隱性變為顯性而已。

勇敢的人有懦弱的一面，忠誠的人有狡猾的一面，每一個人，都有雙重性格，《鏡花緣》中的兩面人，早已把這一點形象化了。而人與人之間的關

係，如果能由得人的心意去作調整，會出現什麼樣的變化，那是誰都無法預料的事——連當事人自己都無法預料！因為「一個所不敢想不敢做的事，另一個卻敢想敢做」！

在現實生活中，人人皆有假面具，一般來說，頗受非議，但這種面具，還是繼續戴下去的好，一旦大家都除下了面具，就可怕之極，一切秩序關係，全都不再存在了！

願望，人人都有，什麼願望才重要，也只有每個人自己心中才知道。

衛斯理（倪匡）

一九八六年十二月十五日

又，整個故事中的都市小人物，都各有他們的面具和本來面目，可愛與可憎，自然也無法定論，只好各憑感覺了。

目錄

第二十一部：我見了猴神實現了三個願望 …………………… 257

第二十部：找猴神的行程之二 …………………… 233

第十九部：廢宮外空地上的大會合 …………………… 203

第十八部：找猴神的行程之一 …………………… 183

第十七部：一種可以複製出一個人來的裝置 …………………… 155

第十六部：古老箱子中的怪東西使人看到自己 …………………… 123

第十五部：板垣光義極其怪異的死亡 …………………… 95

第十四部：耶里王子的故事 …………………… 69

第十三部：找回自己比任何事重要 …………………… 33

第十二部：分裂的兩個人和猴神傳說 …………………… 7

第十二部

分裂的兩個人和猴神傳說

參加搜查工作的全是久經訓練的專家，其中當然也包括了我和健一。

鐵輪的住所，簡直令我們所有的人目為之眩。單是他的臥室，就有三重門，每個窗子上，都裝有微波防盜系統，看來，伊朗國王的住所，保安程度都不會有這樣嚴密。

而且，在許多意想不到的地方，全有暗格、暗櫃，例如廚房的一隻大冰箱的後面，發熱裝置處，就有一個小暗格，放了大量現金。

搜查工作進行了足足一日一夜，由於不斷有新的發現，所以參加搜查的人，幾乎都忘記了疲倦。

搜查出來的資料極多，尤其是各種稀奇古怪的殺人武器，數量和種類之多，足以使任何國家的特務機構目瞪口呆，自嘆不如。

但是，和板垣案有關的，卻只是兩卷錄影帶。

其餘搜出來的東西，只說明鐵輪這個人，是一個犯案纍纍的職業殺手。這一點，我和健一都不感興趣，國際警方和日本軍方反倒更有興趣。

我和健一有興趣的只是：：鐵輪是受了誰的僱用去殺板垣。而那個人，為什麼要殺板垣？

所以，在鐵輪住所中找到的東西，對我和健一有用的，就是那兩卷錄影帶。

當我們才一找到那兩卷錄影帶的時候，當然不知道它的內容，但一定要看一看，恰好鐵輪住所的地下室中有着放映設備，所以健一就順手拿了其中的一卷，放進錄影機中，按下了掣鈕。

健一順手取起的那一卷，就是鐵輪曾放給雲子看的「紀錄」。

當我和健一兩人，在電視的螢光屏上，看到雲子來找鐵輪，用言語威脅鐵輪，要鐵輪去殺板垣的時候，我們兩人真正呆住了！

這絕對難以想像！

雲子如果沒有板垣，生活立時會成問題！她不能唱歌！當然，憑她的年輕貌美，她可以活下去，但是在這樣繁華的大都市之中，她除了出賣自己之外，可以說決無第二條路可走！

一樣是出賣自己，她為什麼不出賣給板垣？如果說因為板垣用金錢收買了她的身子，她就這樣恨板垣，那無論如何說不過去！

在開始看那卷錄影帶的時候，我和健一兩人的心中，充滿了疑惑，不知道有多少問題。

等到我們看到雲子提及了一個「印度人」之際，健一苦笑着，我則不由自主發出了一下呻吟聲來！

印度人！我可以肯定，就是我要到印度去找的那個印度人！

心中的疑問更多，這個印度人，究竟是何方神聖？何以他無處不在，又什麼都知道？

這個神秘的印度人，一定是整件神秘事件中的核心關鍵人物！

看完了第一卷錄影帶之後，我心中得出的結論，就是這樣。而健一的結論，和我略有不同，他嘆了一聲，說道：「原來是雲子！」

我道：「你這樣說，是什麼意思？」

健一道：「雲子買兇殺人，再明白也沒有了！」

我狠狠瞪着健一，或許是我的目光太淩厲了，令得健一有點坐立不安，我道：「你將問題看得太簡單了，你忽略了那個印度人！」

健一叫了起來：「又是那個印度人！」

我也大聲道：「是的，那個印度人！他告訴雲子可以來找鐵輪，而且，那印度人也告訴了雲子如何要脅鐵輪的法子！」

健一用力揮着手：「那印度人和整件案子沒有關係！板垣想一舉而除去他的妻子和情婦，雲子知道了他的毒辣計劃，轉而請職業兇手殺死板垣，事情就是這樣！」

我冷笑着：「這樣，倒很有好處！」

健一有點惱怒：「什麼意思？」

我道：「可不是麼？兇手死了，板垣死了，主謀人又成了瘋子，整件案子，真相大白，可以圓滿歸入檔案了！」

他。健一當然聽得出，他冷笑道：「那應該怎麼樣？」

我特地在「真相大白」四個字上，加重語氣，使健一聽得出我是在諷刺

健一不置可否：「我沒有意見，還有一卷錄影帶，看不看？」

我道：「我不知道，我要去找那印度人！」

我也不知道第二卷錄影帶的內容，也不想和健一再爭下去，因為再爭下

去，我也沒有什麼意見可以發表。整件事情，怪不可言，我全然抓不到任何中

心，只覺得那印度人，是問題的關鍵而已。

健一又放入了第二卷錄影帶，我和他一起看着。

第二卷錄影帶記錄的，是雲子一回到東京之後，被鐵輪帶到這裏來之後的

全部過程。

我和健一兩人看完了這些記錄之後，面面相覷，更是一句話也說不出來，

只是相互望着對方，眨着眼，心中亂成了一片，疑問增加了三倍。

過了好一會，健一才道：「什麼意思？雲子否認她曾見過鐵輪？」

我點頭道：「是的，雲子說，第一次去見鐵輪的不是她，是另外一個女

人——」

我這句話才一出口，我和健一兩人，陡然之間，如遭受雷殛一樣，兩人都

一起站了起來。

健一叫道：「你剛才的話——」

我立時道：「那正是雲子翻來覆去說着的那句話，不斷在說的那句話是：『不是我，那是另一個女人！』

雲子不斷地翻來覆去說着的那句話是：『不是我，那是另一句！』

健一吸了一口氣：「另外有一個女人，這個女人和雲子長得一模一樣，

她買兇殺人！」

我斜睨着他：「連名字也一樣？」

健一吞下了一口口水，這點很難解擇，但是健一還是立即想出了解釋來：

「正因為這個女人和雲子長得一模一樣，所以她才盜用了雲子的名字！」

我毫不留情地對健一的「解釋」反擊：「也盜用了雲子的情夫？雲子的幽

會地點？」

健一對我的問題，答不上來，他有點老羞成怒：「那麼照你說，情形怎麼樣？」

我只好苦笑了一下：「我不知道。我只能說，我不知道。不過我感到，根本沒有所謂『兩個女人』，兩個人，我們在錄影帶上見到的兩個女人，根本全是雲子！沒有另一個人！」

健一略為冷靜了一下，有點明白了我的意思：「你的意思是，雲子患了嚴重的精神分裂症？在精神上，她分裂為 A、B 兩個人，A 部分不知道 B 部分在幹什麼？」

我用力撫着臉，其實，我不是這樣的意思，不過健一總算捉摸到了我想表達的觀點。事實上，我模糊地想到的一些概念，根本無法用言語表達出來。

人類的語言，用來表達人類生活中出現過的、人類可以理解的一切事物。如果有一些事，在人類活動之中根本未曾出現過，那麼，人類的語言如何表達？

健一使用了「嚴重的精神分裂」這樣的詞彙，已經說明他的理解能力很高。

精神分裂，如果到了嚴重的程度，的確可以使一個人成為雙重性格的人，像兩卷錄影帶中的雲子，可以全然不知道自己曾委託過鐵輪去殺板垣。

這樣的病例，在精神病專家的檔案中，多的是。

但是我所模糊想到的，卻比精神分裂更進一步！

我心中有一個模糊的概念。我想到的是，一個人精神分裂，可以使一個人在思想上成為兩個不同的人。

但如果一個人不單是精神分裂，連他的身體都分裂了呢？那是什麼樣的一種情形？那一定是一個人，化為兩個人，兩個看來一模一樣的人，但是想法卻完全不同，或者，其中的一個所不敢想、不敢做的事，另一個卻敢想，敢做。

本來，任何人，都有他的另一面，只不過另一面往往被極其巧妙地隱藏着，絕不在任何人面前顯露。但如果忽然發生了某種變化，使人的另一面變成了真實，那麼情形會如何？

一個人的兩面，如果從精神到肉體，完全獨立了，那麼，當這獨立的兩面互相看到的時候，他們會有什麼感覺？他們互相之間的感覺一定是看到了自己。

我曾見過我自己！

在那間怪房間中，我曾清清楚楚地看到過自己！

我有這古怪的想法，因為我有過「看到過自己」這樣怪異的經歷。

我的古怪想法，用人類的文字或語言來闡釋，只能到此為止，沒有法子再進一步，因為這是人類生活中從來也未曾發生過的事！

或者，勉強還可以進一步的解釋。

健一的解釋是嚴重的精神分裂，可以出現如雲子這樣的情形：她曾去找過鐵輪，但事後全然不復記憶。

而我的想法則是，一個雲子在找鐵輪之際，另一個雲子根本在另一處！一共有兩個雲子，而兩個雲子，根本是一個雲子分裂開來的兩面！

我不知道這算是進一步的闡釋，還是愈説愈糊塗了！

我當時並沒有向健一多作解釋，因為健一未曾有過「看到自己」的經歷。

一個人在未曾有過「看到自己」的經歷之前，對他説這樣的假設，他無論如何不會接受。我只是道：「有可能是嚴重的精神分裂，但是我們也不能忽略『另一個人』的存在！」

健一瞪着我，我作了一個無可奈何的手勢：「要記得，鐵輪在進入那幽會地點之後，曾兩次大聲喝問：『你是誰！』」

健一道：「可是，那裏根本沒有另外任何人！」

我嘆了一聲：「這就是最難使人明白的一點，作為腳踏實地的辦案人員，板垣案子可以算是結束了，但是我的立場和你不同！」

健一悶哼了一聲，沒有説什麼。我道：「我要解決一切疑難未決的問題，直到有了確實的答案，整件事才算是完結，所以，我——」

我的話還沒有講完，健一已接上了口，和我一起道：「要去找那個印度

人！」

健一沒有再說什麼，我和他一起站了起來，我道：「那兩卷錄影帶，可以不必給任何人看，或者，只將第一卷公開，作為雲子僱用兇手的證據！」

健一同意我的說法，我又道：「要設法使雲子去見奈可，或者，雲子會對奈可說出實情來。」

健一皺了皺眉，顯然他並不喜歡奈可，但是他還是再次同意了我的話。

我又道：「雲子如果恢復正常了，請和我聯絡，我給你一個通訊聯絡的地點！」

健一立時取出了口袋中的小記事簿來，記下了我給他的聯絡地址。我給健一的那個地址當然是在印度，就是那位將小白色眼鏡猴託給我帶來日本的那位動物學家，也就是一本猴類專書的作者，在他的作品中，曾提及「奇渥達卡」的神奇傳說。

我不到印度則已，一到印度，一定首先和他聯絡，所以我將他的地址，留

給了健一。

這位傑出的印度動物學家，尤其對熱帶森林的靈長類生物，有着極其深刻研究的學者的名字是那蒂星。

和健一分開之後，這一次，總算順利成行，沒有在機場被健一叫回去，也沒有在飛機上接到緊急通話，飛機在印度降落之後的兩小時，我已經坐在那蒂星的客廳的籐椅上。

那蒂星看到了我，極其高興。他的客廳，陳設並不豪奢，可是卻極舒服，所有的傢俬，幾乎全是熱帶森林中的老籐所製，有一種柔和的光澤，看來古拙而有奇趣。他滿面笑容：「好了，你將牠藏在哪裏？」

我呆了一呆，那蒂星叫了起來：「什麼藏在哪裏？」

那蒂星叫了起來：「那頭白色的眼鏡猴啊！我曾接到日本方面的報告，説牠在你的朋友的照料下，已經完全恢復了健康，一定已叫你帶回來了，你藏在衣服裏面？小心將牠悶死了！」

我不禁苦笑，掙脫了他熱情的雙手：「事情有一點意料不到的變化。」

那蒂星大吃一驚，連聲音都有點發顫：「那……小眼鏡猴……」

我明白一位動物學家對稀有動物的關心，是以忙道：「放心，我相信那眼鏡猴的健康良好！」

那蒂星瞪大了眼：「你相信？什麼意思？」

我道：「眼鏡猴叫一個印度人拐走了！」我將那印度人用一種奇怪的「笛子」，發出一種古怪的聲音，眼鏡猴聽到了那種聲音之後，就跳進了那印度人懷中的情形，向那蒂星講了一遍。

在我講述這件事發生的經過之際，那蒂星的臉上，現出極其奇怪的神情來，來回踱着步。我講完之後，他仍然只是怔怔地望着我。

我道：「怎麼，你不相信？」

那蒂星道：「不是不相信，但是這種捕捉眼鏡猴的方法，只有生活在那一帶森林中的土人才知道！」

20

我取出了那隻用樹葉編成的笛子來：「那印度人走得匆忙，留下了這笛子。日本的一個植物學家，不知道這是什麼樹葉編成的！」

那蒂星接過了笛子：「是的，這種樹，只有在印度的南部才有。它是眼鏡猴的天然療病劑！」

我有點不明白他的意思，他進一步解釋道：「眼鏡猴的毛很長，牠又喜歡用爪抓自己的毛，再放在口中舔着爪，久而久之，會有不少毛積聚在胃中，要吃這種樹葉才能將積年累月進入口中的毛排泄出來。所以，這種樹，也是眼鏡猴最喜棲身的樹！」

我道：「那和這種樹葉編成的笛子——」

那蒂星不等我說完，就知道我要問什麼，他道：「這種樹的樹葉十分濃密，風吹過的時候，鋸齒狀的樹葉邊緣，會因為震動而發出一種相當古怪的聲音。」

那蒂星又道：「由於眼鏡猴習慣於棲身在這種樹上，所以也特別喜歡這種

聲音，當地土人就利用這一點來捕捉牠們！」

我「哦」地一聲：「看來，那印度人對眼鏡猴的知識，極其豐富，他也知道白色的變種眼鏡猴，土名叫作『奇渥達卡』。」

那蒂星皺起了眉：「這個人，他拐走了那頭眼鏡猴，有什麼作用？他又不能拿去出售給動物園？一出售，就知道是他偷來的！」

我攤了攤手：「或許，他拐走了那頭白色小眼鏡猴，是要砍下牠的右前爪來，製成『猴子爪』，可以使他達到三個願望！」

那蒂星現出極滑稽的神情，直勾勾望着我。

我又道：「或許，他想白色小眼鏡猴，帶着他去見靈異猴神，那也可以使他有三個願望！」

那蒂星揮着手，看來像是想阻止我說下去：「你，你是從哪裏聽來這麼多怪異傳說的？」

我笑道：「一部分是在你的大作之中，還有一些，從一個印度老人口中聽

22

來。兩種說法雖然有所不同，但那可能是由於年代久遠的傳說發生了變異，被傳說者加油添醋改變了的結果。但有一點，似乎可以肯定，白色變種的眼鏡猴，幾百年出現一次，和三個願望有關！

我雖然是笑着說出那一番話的，但是，我並沒有開玩笑的神情，任何人均可以看出這一點來。相反地，那蒂星卻哈哈大笑了起來。

他一面笑，一面道：「我真不敢相信，你會對這種傳說這樣認真！」

我正色道：「別笑，我和你，同樣來自一個古老的民族。古老民族的古老傳說，雖然充滿了神話的色彩，但也未必全然無稽！」

那蒂星對我的態度有點吃驚，望了我半晌：「那你想怎麼樣？」

我直接道：「我要你的幫助！」

那蒂星攤開了雙手：「只要我能做得到。但是，我不是靈異猴神，我無法助你完成三個願望！」

我揮了一下手：「少說俏皮話，我想盡量知道有關靈異猴神的傳說！」

那蒂星現出了一副無可奈何的樣子來：「我研究的目標是猴子，不是猴神，不過，有一個朋友，他是印度古代神話研究的權威，他或者可以幫助你！」

我忙道：「介紹我認識他！」

那蒂星又望了我一會，像是想肯定我是不是在開玩笑，等到他肯定了我不是在開玩笑，他才拿起了電話來，撥了號碼，大聲和對方交談起來。

他在電話中講了大約五分鐘之久，才放下電話：「你現在就可以去見他！」

我忙道：「我還有事要你幫忙，有很多問題要問你！」

那蒂星高舉雙手：「只關於猴類，我對於一切神祇的傳說，沒有興趣！」

我拍了他的肩頭一下：「一言為定！」

那蒂星將他的車子和司機讓給我用，我一點也不耽擱，去見那位研究印度古代神話的專家。

神話專家搓着手，在散亂堆在地上的各種各樣舊書中，來回踱着步，雙眼並不看着地上的書，居然不會踏在書上。

那些書，大多用梵文寫成，而且十分古舊，看來每一本書，都有它本身的古董價值。他踱了好一會，來到書櫥前，取出一本看來像是手抄本一樣的書來，打開，示意我過去，指着其中的一幅插畫：「請看，這就是傳説中，可以給人三個願望的靈異猴神！」

我先問道：「有許多靈異猴神？」

專家道：「是的，有很多，但只有這一個，可以給人三個願望。」

我想自他手中接過書來看，但是他卻縮了縮手，不肯將書給我，只讓我就着他的手看。那本書是羊皮的，已經成了赭黄色，看來十分脆弱，那一定是一本極珍貴的書，他怕我會不小心將之弄壞。

我低下頭，看到了畫着的「靈異猴神」。

畫的手法，相當拙劣，像是孩童的作品。

畫上所見，最明顯的是一隻猴子頭。

猴神，當然樣子像猴子，可是從畫上的看來，十足是一隻有猴子頭的人。

而且，在猴頭之上，還有一個相當高的「冠」，像是帽子又不像。身體是人，好像還穿着一種式樣相當怪異的衣服，和一般所見的神像，大不相同。

我看了一會，望向神話專家：「這位猴神——」

專家道：「這是一個畫家，根據曾見過這位猴神的人的敘述而畫出來的。」

我有點疑惑：「這個人的敘述能力一定很差，怎麼有那麼多模糊不清的地方？」

專家的神情有點忸怩：「敘述給畫家聽的人，本身沒見過猴神，見過猴神的是他的祖先，那是他們家庭的傳說，一代一代傳下來的。」

我如果不是為了禮貌，一定要大聲笑起來了。

所謂「家庭的傳說」，可能已傳了幾百年，畫家根據這樣傳說畫出來的形

象，和真正的「靈異猴神」的樣子，究竟還有幾分相似，那真是天曉得！

我忍住了笑的神情，一定相當明顯，所以專家在向我望了一眼之後，很不以為然：「這幅圖片，是唯一可以看到的靈異猴神像！」

我忙使自己的神情變得認真：「看來，所謂猴神，就是一個有猴頭的人！」

專家道：「就是這樣，你們中國的傳說中也有一個這樣的猴神？」

我知道專家是指孫悟空而言，不少研究神話的人，都喜歡將中國的孫悟空和印度神話中的各種猴神作比較。其實兩者大不相同，孫悟空與其說是神，還不如說是文學創作上一個特出的人物更恰當。當然，在如今這樣的情形下，我沒有必要向專家詳細解釋這一點，我只是含糊其詞地道：「可以這樣說，這個猴神，他能給人三個願望的情形怎麼樣？」

專家來回踱了幾步，來到一張書桌前，將那本殘舊的書，小心地攤在桌上，一頁一頁地翻着看，然後，看一會，又抬起頭來，望我一眼：「照這裏記

載的說法是，靈異猴神每隔若干時日，會派出他的使者，名字叫『奇渥達卡』，那是一種極其罕見的小眼鏡猴，純白色。這種使者，會帶人去見靈異猴神！」

我聽過這樣的說法，但是專家的話，聽來有一股特別的力量。

那不單因為他是專家，而是由於他講的，根據一本如此古舊的書本而來！

我想了一想：「另一種說法是，將猴子的右前爪砍下來，經過一番手續——」

我還沒有講完，專家已經揮着手，打斷了我的話頭：「那是訛傳，猴子爪的傳說，源自西方，因為和猴子有關，所以便摻雜在一起，民間傳說，在很多情形下相當混亂！」

專家的這番分析，相當有理，我表示同意，我又道：「關於『奇渥達卡』，我曾聽一位老人講過牠的傳說，其中我有點不明白的地方——」

我將在東京聽那彈多弦琴的老人所講的故事，複述了一遍，然後問道：

「故事中所說：『靈異猴神使他看到了自己』這句話，是什麼意思？」

28

專家瞪了我半晌，又去翻那本古舊的書，但是在二十分鐘之後，他皺着眉：「不知道，對這句沒有意義的話，書上沒有記載！」

我倒並不責怪專家的武斷，因為「看到了自己」這樣的話，幾乎對所有的人來説，全是沒有意義的，我又道：「我還想知道一點進一步的情形，例如，白色小眼鏡猴，通過什麼辦法，可以帶着人去見靈異猴神，牠知道猴神在什麼地方？」

專家呵呵大笑：「你太心急了！」

我有點莫名其妙：「什麼意思？」

專家道：「等你找到了白色小眼鏡猴，你自然會知道，何必心急？」

我悶哼了一聲，並沒有向專家説起我曾將一頭白色小眼鏡猴從印度帶到日本去！那時，我不知道這頭白色小眼鏡猴可以有這樣的靈異，如果知道的話，我想到這裏，連自己也不禁覺得好笑起來，如果我早知道，我會怎樣？難道我真相信一頭小眼鏡猴，會引我去見一位靈異猴神？

我當然不會相信！

我沒有作用地揮着手，專家望了我一會，我也提不出什麼別的問題來，專家作了一個手勢，看來準備送客，我也準備告辭了。就在這時，一個身形高大的僕人走了進來，向專家行了一個禮：「教授，耶里王子在客廳等你。」

我不知道那「耶里王子」是何等樣人，但是看專家的反應，我立時可以想得到，那一定是一個十分重要的人物。因為專家立時身子彈了一彈，連聲道：

「來了多久了？我馬上就去！」

專家一面說，一面望着我。

我立時識趣地道：「打擾你了，我告辭了！」

專家已逼不及待地向外走去，我要離開專家的屋子，也得經過客廳才行，所以我跟在他的後面。印度國境之內，早已沒有了王朝，但是那僕人稱「耶里王子」，這樣稱呼我也不奇怪，因為印度境內，有不少土王，這些土王，本來一直統治着印度境內的許多小邦，不但有勢力，而且十分富有。

自從土王制度也被明令取消之後，土王的潛勢力，還是相當大，尤其是他們擁有極多的財富，所以仍然是極受人崇敬的人物，專家的態度如此，也是意料之中的事。

我跟着專家，進了客廳，我看到有一個穿得極其華美，身形相當高大，頭上紮着白布，布的邊緣，鑲織着金絲，穿的一身白衣上，也鑲着金邊的人，正背對着我，在看壁上的一幅畫。

專家一見到那人，立時趨前，一面向我揮手，示意我出去。

我在想，這個男人，大約就是耶里王子了，我也不想結識什麼權貴，而且，我自己還有很多事要做，所以我已跨出門去，但我突然停了下來。

在我向前走去之際，專家已在向來客招呼。

專家在説：「王子，累你久等了！」

那來客道：「不算什麼，不必介意。」

令我突然停步的，就是來客的那兩句話。那是兩句十分普通的話，可是刹

那之間，帶給我的震動，真是難以言喻：我認得那聲音！

這個聲音給我的印象極深刻，我第一次聽到那聲音，是在東京的一間酒吧中，那時，我和健一在一起，突然有人在我們的身邊講話。

當時，他的第一句話是：「哦，奇渥達卡！」

那種低沉而帶着相當濃厚的陰森氣氛的聲音，我絕對不會認錯的！

發出那種聲音的人，就是那個用樹葉編成的笛子，將白色小眼鏡猴拐走了的那個印度人！

那個印度人，就是我到印度來，要在七億印度人中將他找出來的那個印度人！

找回自己比任何事重要

要在七億印度人中找一個不知姓名的印度人，那幾乎不可能！

但如今，我卻聽到了他的聲音！

我陡地震了一震之後，立時轉過身來。在我轉過身來之際，那客人也恰好轉過身來，我們兩人打了一個照面。

在那一剎那間，我們兩人的神情，都像是受了雷殛！那印度人，雖然這時，他看來儀容出眾，衣飾華麗，鬍子經過小心的梳理，緊貼着頰旁，看起來威嚴莊重。但是我仍然可以毫不猶豫肯定，他就是那個在酒吧中對我說話的那個看來像是流浪者一樣的印度人！

我做夢也想不到，這個神秘的印度人，竟有着什麼王子的銜頭。而這時，看他這身打扮和氣派，他那王子的銜頭，不是假的！

我想，對方一定做夢也想不到會在這裏突然見到我，他的震驚可能還在我之上！

那專家也發現了我們之間對視着的情形，他大步向我走來，十分不客氣地

34

來推我，想將我推出門去，以免得罪他的貴客。

別說我突然見到了那印度人，決不會放過他，單是專家這種不客氣的態度，也足以令我冒火的了。所以我毫不客氣，用力向外一推。那一推，令得專家跌出了好幾步去。

而我一推開了專家，立時向那印度人走去：「想不到，真想不到！」

那印度人——耶里王子——的面肉抽動了幾下，也道：「是的，真想不到！」

我興奮得不由自主搓着手，因為找到了這個印度人，我心中的許多疑問，都可以得到解決了！

我一面搓着手，一面向着他走過去，直來到他的面前，才站定身子，不理會專家發出憤怒的吼叫聲，正在向我衝過來，我道：「原來你還是一個什麼王子？我想，我們應該好好地談一談！」

我的話才說完，對方還沒有反應間，專家已來到我的身邊，又用力來推

我，可是我已經先行出手，這一次，我將他推得跌出更遠。

耶里王子面肉又抽動了一下：「其實，也沒有什麼好談的！」

我冷笑起來：「日本警方對你很有興趣！」

耶里也冷笑道：「這裏是印度！」

我有點冒火，但仍保持鎮定：「刑事案，可以通過國際警方來處理！」

耶里牽了牽口角，發出了一個相當陰森的笑容：「我不知道你在說什麼！」

我再踏前一步，用手指戳向前，抵住了耶里的胸口。這時，專家已經又掙扎着走了過來，但是他在吃了兩次虧之後，他顯然已不敢再亂來了，只是兇狠地瞪着我，沒有再動手，我也不去理他，一面用手指抵住了耶里，一面道：「你對武夫還有印象吧！」

耶里陡地震動了一下，我又道：「他曾幫你將磚頭灰漿運上去，我相信，這是那個大廈管理員致死的原因，是不是？」

耶里的神情更陰森，但是他顯然已經恢復了鎮定：「你是什麼人？」他又望向專家：「我一定要和這樣的一個瘋子交談麼？」

專家怒吼了起來：「出去！滾出去！再不走，我要召警察來了！」

他說着，已來到電話旁邊，拿起了電話來。

我考慮了一下當時的情形，如果我不走，唯一的結果，就是給印度警察押走，我可不想被拘禁在印度的監獄之中。而且，我要找的人，既然是「王子」，那一定是有頭有臉的人物。

要找一個普通的印度人難，要找一個有名有姓的王子，總不會是什麼難事！

我一面說，一面向後退去，高舉雙手：「好，我走！」

我後退了一步，雙眼仍然盯着耶里。當我退到門口的時候，我道：「奇渥達卡還好麼？」我指着專家，「你來找他，其實並沒有什麼用處，他知道得不多，我知道的，可能比他更多！你來找我談，比和他談更好！」

耶里只是冷冷地望着我，我又向他說出了我所住宿的酒店的名稱和房間號

碼，然後，輕輕地轉過身，大踏步地向外走去。

在我向外走去之際，我聽得專家連忙在向耶里道歉，耶里卻一句話也沒有說。

我的心情極其輕鬆，因為我竟然不費吹灰之力就找到了要找的人！

在印度找一個印度人，健一認為那沒有可能，可是我卻得來全不費功夫！

我到了酒店，和那蒂星通了一個電話，表示我會和他再聯絡。然後，我將整件事，又從頭到尾，想了一遍。我已找到了那印度人，這是一大進展。而且我有信心，耶里一定會來找我！

耶里的身分特殊，而他卻在日本進行那樣神秘的活動，不管他活動的目的是什麼，他一定不想人知道和深究下去！

他一定會來找我，不管他來找我的目的，是對我有利還是有害，他一定會來找我！

沒有人會喜歡自己神秘的活動給人知道，耶里不會例外。

我在牀上躺了下來，連日來我都相當疲倦，我雖然考慮到耶里會對我不

利，但是我總不能不休息，在保持高度的警覺下，我才要矇矓入睡，電話鈴忽然響了起來。

我一躍而起，抓起了電話聽筒，聽到了那蒂星的聲音：「日本有一個長途電話來找你，我已叫他打到你酒店來！」

日本來的長途電話，那當然是健一打來的了，我感到十分興奮，因為我已找到了那個印度人，這是健一怎也意料不到的事情。

那蒂星並沒有耽擱我多少時間，我放下了電話，又通知了一下酒店的接線生，如果有來自日本的長途電話，立刻接到我房間裏來。

我在等着，等了三十分鐘，電話才又響起。

我一伸手，抓起電話來，在知道了的確是來自日本的長途電話之後，我已經準備立刻向健一大聲宣佈我的重大發現了。

所以，當我一聽到對方用日語在叫着「喂喂」之際，我立時道：「你再也想不到，我找到了那個印度人！那印度人可能是一個沒落王朝的後代，人家叫

他王子！」

我講得十分快，電話那邊卻靜了下來，沒有了聲音，我又連喂了幾聲，才

聽得一個人道：「對不起，你是衛斯理君？我不明白你講些什麼。」

我也呆了一呆，那不是健一的聲音，雖然長途電話中的聲音不是很清晰，

但是那決不是健一，可以肯定。我略為猶豫了一下：「對不起，你是──」

那邊道：「我是奈可！你還記得我麼？我是奈可，雲子的好朋友！」

我呆了一呆，奈可！這個過夜生活的小人物，他打長途電話到印度來找我幹

什麼？而他是先打電話到那蒂星星家裏去的，那當然是健一告訴他和我聯絡的方

法，因為我只將這個方法告訴過健一，那麼，健一為什麼自己不打電話給我呢？

我已經意識到有什麼不平常的事發生了！

我忙道：「是的，我記得，奈可先生──」我唯恐他囉唆下去，因為在我

的印象之中，他不是一個說話爽氣的人，所以我立即道：「有什麼事，請快點

說！」

奈可還是停了片刻，在那極短的時間中，他雖然沒有說話，可是我卻可以聽到他急促的呼吸聲，可知道事情真的有點不尋常。

正當我又要催促他之際，他開口了：「衛君，健一君，他……他……」

奈可在口吃着，講不出來，雖然遠隔重洋，但是我彷彿可以看到他那尖削的三角臉，面上肌肉在不住抽搐的那種氣急敗壞的樣子。

我大聲道：「健一怎麼了？」

奈可終於講了出來：「健一突然辭職，離開了東京，他只留下了一張字條給我——」

我聽到這裏，不禁暗罵奈可這傢伙，小題大做，大驚小怪！我還以為健一發生了什麼不得了的大事！

雖然健一突然辭職，這件事也可稱突兀，但無論如何不值得立刻向我報告！

我埋怨道：「就是健一君辭職的事？」

奈可急匆匆地道：「是的，不過，他留了一張字條給我，叫我立刻告訴

你，還留下了和你聯絡的方法！他還要我將字條在電話裏唸給你聽！」

我有點忍無可忍之感，大聲吼叫道：「那麼，請你快一點唸！」

奈可給我一喝，接連說了七八下「是」，才將健一留給我的字條唸了出來。不過，在唸之前，他還是抽空加了一句他自己的話：「健一君留給你的字條，究竟是什麼意思，我一點也不懂！」

健一交給奈可，要他在長途電話中留給我的字條，如下：「衛君，我看到了自己，在你看到自己的地方，我看到了自己。在我看到了自己之後，我明白這些年來，我自己根本不是我自己，我不想再繼續扮演不是我自己這個角色，所以我走了，我要使我自己是真正的自己，我回到我應該回去的地方，來不及和你說再見。還有，不論事情多麼神秘，我看你也不必再追尋下去了，你不必去找那個印度人，快快找回你自己，那比任何事情都重要，聽我的勸告，老朋友。」

奈可一個字一個字，小心翼翼地將那張健一留給我的便條，唸了一遍。他

總算是盡了責。唸完之後，他又補充了一句：「我真不知道他在說什麼。不過，他真的辭了職，而且，立刻離開了東京，走了。」

我呆了半晌。

健一的話，我也不是全部明白，可是我至少懂得什麼叫作「我看到了自己」。也明白健一看到自己的地方，就是板垣和雲子幽會場所的那個怪房間之中。

健一在那怪房間裏看到了自己！

我腦中一片混亂，急於想知道事情的詳細經過，因為健一既然將便條交給奈可，在這之前，他一定曾和奈可聯絡過，我要知道詳細的情形。

我忙道：「奈可，你別急，你要將情形詳細告訴我，愈詳細愈好！」

奈可的聲音聽來很苦澀：「我……可以告訴你，但是我沒有長途電話費，

我……我……」

我立時道：「你掛斷，再打給我，由我這裏繳費。」

奈可高興了起來，大聲答應着。

我和健一離開雲子的病房之後，由於健一的安排，而且在瘋子之中，雲子

是十分文靜的那一類，醫生斷定她不會對人有傷害，所以允許奈可可以選擇任

何時間，陪伴着雲子。

奈可這傢伙，對雲子真有一份異乎尋常的深厚感情，他所選擇的時間，是

全部時間。也就是說，他一直在陪伴着雲子。

醫院方面事後說，雲子有了奈可的陪伴，精神好了許多，如果不是她仍然

一直在翻來覆去說着那幾句話，從外表看來，簡直和常人無異。

奈可卻很傷心，因為雲子成了瘋子。他一直在對着雲子喃喃自語，叫着雲

子的名字，不斷要雲子說出她的心事來，他一定替雲子分擔，哪怕事情再困

難，他也願意負責。

由於奈可不斷對雲子在自言自語，看起來又傷心又失常，以致一個不明情

由的實習醫生，有一次，反倒認為奈可是病人，而雲子是來探病的！

雲子對於奈可的話，一點反應也沒有。當晚，奈可向醫院要了一張帆布

牀，就睡在雲子的病牀之旁。這本來是不許可的。

但是醫院得到了好幾方面的通知，雲子這個女病人，和極重大的案件有關，要盡一切方法，使她能恢復記憶。奈可的作伴，也是方法之一，所以醫院方面只好答應。

睡到半夜——這是奈可的叙述——奈可突然被一陣啜泣聲所吵醒。

奈可本來不願意醒過來，因為他實在太疲倦。可是據他說，這一陣哭泣聲極傷心，聽了之後，令人心酸之極，覺得就算發出這種哭泣聲的，是自己不共戴天的仇人，也應該立即放棄仇恨，轉而去幫助這個在絕望中哭泣的人。

所以，奈可揉着眼，坐了起來，當他坐起身之後，他看到雲子就坐在牀沿，哭着。那種傷心欲絕，使人一聽，心就向無底絕壑沉下去的啜泣聲，就是雲子所發！

奈可怔怔地望着雲子，一時之間，不知如何才好。雲子在以前，不是沒有對奈可哭過，有好幾次，雲子曾伏在奈可的肩上流淚。

奈可自然知道雲子在大都市中掙扎，日子並不如意，心情的開朗是表面化的，所以每當雲子哭的時候，他總是盡量輕鬆地道：「怎麼啦？陽光那麼好，又不愁吃，又不愁穿，應該快樂才是，為什麼要傷心？」

雲子是一個性格堅強的女子，每當奈可這樣説的時候，她便會立時昂起頭來，將頭髮掠向後，同時也抹去眼淚，現出一副毫不在乎的神情來：「誰説我傷心了？我根本很快樂！」

在這樣的時刻，奈可便只有暗暗嘆氣。他當然知道雲子的話，不是她的心底話，但是奈可自己既然沒有力量可以使雲子的生活真正幸福快樂，除了順着雲子的話打幾個哈哈之外，他也不能做些什麼。

自從雲子的聲帶出了毛病，不能再歌唱之後，雲子有更多次對着奈可流淚的經歷，但是每一次，也都能及時地表現自己「並不傷心」。

在奈可認識雲子以來，從來也未曾見過雲子這樣哭過，雲子哭得這樣傷心，奈可張大了口，想安慰她幾句，但是喉嚨發乾，一句話也講不出來。

他只是怔怔地看着雲子哭，過了好一會，他只覺得自己也想哭，但一個男人在女人面前哭，總不是很體面的事，所以他竭力忍着，聲音乾澀：「雲子，別哭了好不好？每一個人的生活都不如意，哭並不能改善生活的環境，別哭了好不好？」

雲子仍然哭着。

奈可又喃喃地說了很多安慰話，雲子仍在哭。

奈可一賭氣：「好，哭吧，看哭對你有什麼好處！」

奈可在這樣說的時候，根本沒有期望雲子會回答自己什麼話。可是雲子卻突然開了口，她仍然在一面啜泣着，一面說話，她的聲音，也是同樣傷心欲絕，聽來令人心碎。她道：「至少我哭過，你連哭也不能隨心所欲，你也想哭，可是你不敢哭！」

雲子這幾句話，說得極其清醒，令得奈可一時之間，忘記了一個精神失常的人不會講出那樣清醒的話來。在那一剎那間，他只是被雲子的話怔住了，想

到了他自己。

無論在生活中多麼不如意，無論受了多少屈辱，無論為了活下去，做過多少自己不願做的事，無論在大都市的夜生活中打滾，多麼令人覺得自己的卑賤，可是正如雲子所說那樣，他連哭都不敢哭！

一想到這一點，奈可幾乎忍不住要放聲大哭起來。

可是也就在這一刹那間，他還未曾哭出聲，就陡地省起，雲子一定已經清醒了，不然不會講出這樣的話來！

刹那之間，他大喜過望，忍不住高聲呼叫起來：「雲子，你醒了！」

雲子說道：「我根本沒睡着過！」

奈可更加高興，跳下地，站着，揮着手：「我不是這意思，我是說，你從神智不清中醒過來了！」

雲子略為止住啜泣：「神智不清？我什麼時候神智不清？我……倒寧願神智不清，可是我……我清清楚楚感到絕望，我不知道如何活下去，我覺得困

倦，我實在不知道應該……怎麼樣…我……」

雲子還斷續講了不少話，但是奈可說，他沒有再聽下去，他只是向雲子作了一個手勢，示意雲子留在房間裏，他自己則打開病房的門，奔了出去，在走廊的轉角處，找到了電話。

健一是在半夜被奈可的電話吵醒的。他一聽到了奈可的聲音，便忍不住要破口大罵，但是他因為才打了一個呵欠，沒有來得及立刻罵出口，就已聽到奈可在叫道：「健一先生，雲子清醒了！雲子清醒了！」

健一陡地將罵人的話縮了回去，疾聲道：「什麼？請你再說一遍！」

他居然在對奈可的對話中，用上了一個「請」字。

奈可又叫道：「雲子清醒了！」

健一躍起，將電話聽筒夾在頸際，一面已拉過褂子來穿上：「你在哪裏打電話的？快回去看着她，別讓她亂走，我立刻就來！」

健一放下電話，一面披着上衣，一面已出了房門，在門口胡亂穿上了鞋子。

「健一先生來得真快，他穿的鞋子，一隻是黃色，一隻是黑色的。」奈可叙述説：「那時，我在病房門口，等着他。」

奈可放下電話，回到病房，雲子仍然哭着，奈可道：「等一會，有一位健一先生要來，他是警方人員，不過人倒是……挺好的。他説你和一件重要的案子有關，嗯，好像是板垣先生的死——」

奈可説到這裏，偷偷向雲子看了一眼，想看看雲子的反應如何，因為他一直不相信板垣的死和雲子有關，板垣是雲子生活的保障，雲子不能失去板垣！

可是雲子一點反應也沒有，自顧自哭着。

奈可繼續道：「他來了之後，你只要照實説就是了，不會有事的，請相信我！」

雲子幽幽地道：「會有什麼事？」

會有什麼事呢？奈可也説不上來。

雲子不等奈可回答，又幽幽地道：「什麼事，我都不在乎了！」她説着，

抬頭望向窗子。窗上裝着鐵枝，月色很好。月色映得雲子的臉看來極蒼白，淚痕在閃着光。

雲子喃喃地道：「我還在乎什麼事？還有什麼事可以令我更痛苦、傷心？我根本不知道自己活着幹什麼，也不知道應該怎麼樣！」

奈可聽得雲子這樣説，有點手忙腳亂，不知如何才好，他想要安慰雲子幾句，可是卻又不知説什麼才好，雲子向他望來，用的是一種相當同情的眼色，雲子這時的聲音，聽來反倒十分平靜：「奈可，你也該好好為你自己着想一下！」

奈可剛才曾被雲子勾起極度的悲哀來，因為驚異於雲子的清醒，所以才急地通知了健一。這時，雲子的話，又令得奈可茫然，他除了嘆息之外，實在不知道該説些什麼才好？

為自己打算，奈可知道，像自己這樣的小人物，實在沒有什麼好為自己打算的地方。幸運不會突然降臨在他的身上，他所能為自己打算的一切，在大人物眼

中看來，簡直可笑，那程度就像是人看到螞蟻在為一粒餅屑而出力一樣可笑！

奈可沒有說什麼，只是伸手在臉上重重撫摸了一下，雲子忽然道：「你說的那個叫健一的警務人員，什麼時候會來？」

奈可答道：「應該很快就到了！」

雲子道：「你到門口去等他，我想一個人靜一靜！」

奈可望了雲子片刻，伸手在雲子的頭髮上，輕撫了一下，這是奈可對雲子堅強的一種親熱的表示，奈可知道自己是小人物，但同時，他也覺得自己比雲子堅強，所以常以長者的動作來表示他對雲子的感情。

雲子像經常一樣，略側着頭，奈可又嘆了一聲，雲子側頭的那種神情很美麗，她應該可以成為一個知名度較高的歌星，奈可想。或許，在經過了這件事之後，全日本都知道有大良雲子這個人，她如果再登上歌壇，可能會成為紅歌星！那麼，他——奈可——就可以成為一個紅歌星的經理人了！

當奈可想到這一點的時候，他心情相當振奮，順從地走出了病房，當雲子

52

要他關上病房的門之際，他也將病房的門關上，就站在病房的門口。

當奈可站在病房門口的時候，病房的門關着。雲子在病房中做些什麼，奈可無法知道。

據奈可的敘述是，雲子在那短短的一段時間中，十分平靜，因為他沒有聽到病房之中有什麼聲音傳出來。

而那時候，正是午夜，即使在一個瘋人院中，午夜也是極其寂靜的，所以如果雲子在那時候，有什麼聲音發出來的話，奈可一定可以聽得到。

奈可在病房門口並沒有站了多久，健一就來了！

健一來得極匆忙，兩隻腳上所穿的鞋子，都不同顏色，他在走廊中急步奔過來時的腳步聲，打破了寂靜。當他看到奈可在門口之際，他立即問：「雲子呢？」

奈可向病房指了一指，健一立時握住了門柄，在他推門進去之前，他回頭，問奈可：「你說她已經完全清醒了？」

奈可點着頭：「是的，全清醒了！」

接着，奈可猶豫了一下：「太清醒了，她甚至勸我為自己打算，以前，她從來也未曾對我說過這樣清醒的話。」

奈可最後那一兩句話，聲音很低，他不敢肯定健一是不是聽見，健一推開門，奈可想跟進去，可是健一卻立時用身體阻住了奈可的去路，冷冷地道：

「對不起，我和雲子小姐要秘密談話，你在外面等着！」

「我可以堅持我也要進去的，」奈可在長途電話中的聲音，仍不免悻然：

「但是，我也有自尊心，我忍受不了人家對我的輕視，不讓我進去，我就不進去好了，所以我立時退開，門在我的面前關上，健一君進了病房。不過，我實在應該進去，因為我如果跟進去了，至少可以知道在病房之中發生了一些什麼事，而不是只聽到病房中傳出來的聲音。」

由於奈可被拒在門外，所以，健一進了病房之後，究竟發生了一些什麼事，奈可不知道。奈可只能聽到自病房中傳出來的聲音。根據傳出來的聲音，

54

雖然可以判斷發生一些什麼事，但卻無法肯定。尤其是，奈可聽到的聲音，包括一些對話，簡直不可解釋。

病房的門才一關上，健一的話語就傳了出來，健一的語聲是充滿了驚詫的：「天，這是怎麼一回事，你們——」

健一的話說了一半，就陡地停了下來，接著，便是「砰」地一聲響。

據奈可說，「砰」地一聲響，他知道那是病房中唯一的一張椅子翻倒的聲音，可能是健一走得太急，絆倒了椅子。

接著，又是健一的語聲：「你們……你們是怎麼一回事？你們——」

據奈可說，他當時奇怪之極，因為健一傳出來的話中，從開始起，到這時為止，總共才不過講了兩句話，而在這兩句話之中，他一共用了四次「你們」。

「你們」本來是很普通的詞，每一個人在對着超過一個人說話的時候，都可能重複地使用很多次。但是奈可卻清楚地知道，病房中，健一所面對的，只

是大良雲子一個人，不可能再有別人。

對着一個人講話，就應該使用「你」，而不是「你們」。可是健一卻說「你們」！

如果不是剛才健一的語氣態度，對奈可的自尊心造成了太大的打擊的話，奈可一定會推開門去，看個究竟。不過這時，奈可卻並沒有這樣做，只是發出了一下低微的悶哼聲。

接着，奈可就聽到了雲子的聲音。

雲子的聲音很平靜，也很低，如果不是奈可平時聽慣了雲子的話，他可能聽不清那句話。但由於他和雲子太熟的緣故，所以他可以分得清雲子在說什麼，雲子道：「你來了?你別急，我可以使你知道你要知道的一切。」

健一的聲音仍然很急：「那個職業殺手，是誰和他接觸的，你們──」

健一在這裏，又用了一個「你們」，不過這一句話也被打斷了話頭，接着，便是一連串的低語聲。

奈可可以肯定，那持續了足有十分鐘之久的低語聲，是雲子所發。不過由於語音實在太低，以致即使奈可和雲子如此熟稔，也不知道雲子究竟講了些什麼。

這時，奈可的好奇心愈來愈強烈，他已經要不顧一切推開門衝進去了，可是也就在這時，他卻聽到，健一發出了一下如同被人痛擊之後呻吟一樣的聲音。

奈可陡地一怔，可不知道發生了什麼事。而在他還未曾定過神來之際，門打開，健一已走了出來。

健一出來，關上了門，在他關上門之後，雲子的一下叫聲，還自內傳了出來，那是雲子提高了聲音叫出來的，奈可完全聽得清楚。

雲子在叫：「你如果不信，可以去看一看！」

奈可向健一望去，一時之間，嚇得講不出話來。

「我對健一君，實在沒有什麼好感，」奈可說：「我對一切警務人員，都沒有什麼好感。所以，在我的一生之中，曾經起過不知多少古怪的念頭，然而決未曾起過一個念頭，想去同情一個警務人員。可是這時，我真的同情健一

君，因為他的神情實在太可怕了！」

健一當時的神情，一定是真的可怕，在奈可的聲音中，猶有餘悸。他續道：「健一君的臉色，比醫院的白牆更白，他雙眼發直，身子在簌簌發着抖，當他伸手握住了我的手臂時，即使隔着衣服，我也可以感到他手心中透出來的那股涼意。他平時呼來喝去，何等威風八面，可是這時，真比一頭待宰的羔羊還要可憐！」

奈可形容得很好，這就是健一當時的情形。

奈可被健一的神情嚇呆了，但他呆了並沒有多久，立時叫了起來：「健一君，你——」

健一失魂落魄：「她⋯⋯她對我講了⋯⋯講了⋯⋯」他又望向奈可，忽然問道：「她也對你講過？她⋯⋯她⋯⋯對你講過？」

奈可全然莫名其妙：「講過什麼？」

健一將奈可的手臂抓得更緊，以致奈可竟不由自主叫了起來，可是健一仍

58

然不放手，不住地道：「她對我說了，還叫我去看看，她叫我去看看！」

由於健一在講這句話的時候，是直視着奈可的，所以奈可只好問道：

「她……她叫你去看什麼？」

健一道：「他叫我去看看自己！」

奈可不明白健一這樣說是什麼意思。事實上，不會有人明白這樣說是什麼意思。

我可以明白健一這樣說是什麼意思。

「看看自己」，意思其實極簡單，就是去看看自己，沒有別的解釋。

因為，我曾看到過自己，所以我明白。

奈可當時不知再說什麼好，健一則突然之間，顯得十分激動，不但握着奈可的手臂，而且搖着，說道：「我一定要去看看自己！」

奈可實在給健一握得太痛，只好道：「好，那你就去吧，快去看看你自己！」

健一鬆開了奈可的手臂，急急向前走了兩步，然後又轉過身來：「奈可，你去不去？去看看自己！人不是有很多的機會看到自己！」

奈可悶哼了一聲，口中雖然沒有說什麼，但是心中卻在暗罵：瘋人院應該多收留一個病人才對！當然，奈可在這樣想的時候，臉上的神情，對健一也不會太親切友善。健一倒沒有生氣，只是嘆了一聲，搖了搖頭，神情像是相當可惜。

接著，健一就走了。

健一還沒有走出走廊的盡頭，奈可便轉身推開了門，想去問問雲子，她究竟對健一說了些什麼。當奈可推開門之際，看到雲子坐在牀沿，神情十分古怪。

奈可說道：「健一問了你什麼？」

雲子不答。

奈可又問道：「他對我說了一些莫名其妙的話，不知是什麼意思，你叫他去看什麼？」

雲子仍然不答，但忽然笑了起來，一面笑，一面道：「那不是我，是她！」

是另外一個女人，那不是我！」

雲子不斷說着，直到奈可抓住了她的手臂，用力搖撼着她的身子，她還是笑着，重複着那兩句話。

情形和以前完全一樣，不過加上雲子不斷的笑聲，根據神經病專家的意見，一個不斷癡笑的瘋子，比單是喃喃自語的瘋子，更加沒有希望。

健一在離開了奈可之後，做了些什麼，奈可並不知道，但是健一的行蹤，有人知道。

有關健一離開了奈可之後的情形，當然不是奈可在長途電話中告訴我，是日後我一點點調查出來的結果。我知道這些經過的時間上雖然有差距，但這些事，在事實上接連發生，所以我加在一起敘述。然後，再接上奈可再遇上健一的情形，以使整件事，有連貫，不致中斷，便於理解。

健一出現在那幢大廈的入口處，注意到他的，是一個探員。自從鐵輪出現，死於亂槍之下之後，仍然有探員駐守在那大廈中。

那探員看到健一，迎了上去，招呼了健一一聲，健一的腳步很匆亂——照那探員的說法——匆亂的意思就是，不但走得急，而且不是依直線行進的，那情形，就像是喝了酒，不勝酒力一樣。

探員想去扶他，但卻被他推開了，健一一直走向升降機，走進去。

「我這時才注意到，他……健一君的鞋子，一隻黃色，一隻黑色，而他又走得那樣匆亂。是不是健一君有什麼意外呢？我自己想。」探員追憶當時的情形：「我想追上去看看，但是想到健一君是那樣有經驗的警官，不必多擔心，所以，我就沒有上去。」

探員雖然沒有跟上去，但是對於健一的行動，多少有點懷疑，所以他一直在注意，看健一是不是會有意外。半小時之後，健一還沒有下來，探員覺得事情有點不正常，他剛想進升降機時，升降機向上升去，到了十一樓，停止了片刻，又開始下落。

等到升降機到了大堂之後，門打開，健一走了出來。

探員追憶道：「健一君緊鎖雙眉，在自言自語，像是心事重重，我完全沒聽不懂他在說些什麼。我又叫了他一聲，他像是完全沒有聽到，他逕自向外走去，步履比進來時穩定很多，可是也沉重得多，我看着他走出了大門，就沒有再注意他。」

這是健一在離開了奈可之後，逕自來到板垣、雲子幽會場所的情形，從時間上來說，健一是在離開了奈可之後，立即來到這幢大廈的。

健一在離開了大廈之後，又到什麼地方去了？沒有人知道。但是估計，他可能回家，在家裏耽了一會，因為事後，在健一的住所中，有過匆忙收拾行李的跡象。這一段時間，約莫是一小時，因為在一小時之後，健一又出現在他的辦公室中。

當時天色還未亮，辦公室中，只有一個值日警官在，值日警官是健一的朋友，一看到健一，就道：「早！為什麼那麼早？可是案子有什麼新的進展？」

健一沒有回答，逕自向前走，進了他的辦公室，很匆忙，甚至沒有關門，

所以值日警官轉過頭去，可以從打開的門，看到健一在辦公室中做些什麼。

健一一進辦公室，就坐了下來，寫着信。

據那個值日警官說，健一一共寫了兩封信，第一封信，一揮而就，寫了之後，就放在桌上。第二封信，寫了三次才成功。寫好之後，摺起來，放進衣袋之中，然後，拿起第一封信，走出辦公室，交給了值日警官：「處長一來，就請交給他！」

值日警官說：「他不等我說話，就走了出去，等他走出去之後，我才看到信上寫着『辭職書』，我吃了一驚，想叫健一回來，但是健一君已走遠了。」

健一離開了辦公室之後，又到醫院去見奈可。

他在辦公室寫的第二封信，就是寫給我的。也就是奈可在第一次長途電話中讀給我聽的那一封。

健一和奈可再度見面，也沒有什麼特別之處。據奈可說，健一表現得十分

快樂、輕鬆。奈可特別強調「輕鬆」，因為健一平時由於工作上需要他不斷思索，所以他的眉心，經常打結，但這時，完全沒有這樣的情形。

健一吩咐奈可，一定要盡快找到我，將這封信讀給我聽，他留下了一點錢給奈可作打電話之用。然後，他輕鬆地拍着奈可的肩，又打開病房的門來，將頭向內，看了一看。奈可也趁機跟着看了一看，雲子只是在傻笑，重複着那兩句話。

奈可最後道：「我看了健一君留給你的信，覺得沒有什麼大不了，所以根本不想打電話給你，想把健一給我的錢……留着做別的用途。可是第二天，就有兩個探員來問我關於他的事。原來他不單辭職，而且人也離開了東京，在車站，有一個他的同事遇見他，健一只說了一句他到他應該去的地方去，沒有別的交代。」

發生在健一身上的事，由奈可在長途電話之中，詳詳細細地告訴了我。

我在放下了電話之後，連我自己也不知道呆了多久。我只是坐着發怔，思緒一片混亂。過了好久，我才將經過的情形，約莫理出了一個頭緒來，而值得注意的事，有以下幾點：

雲子曾忽然清醒，講了不少平時她不講的話，這些話，聽來很傷感（她對奈可講的）。至於她對健一講了些什麼，沒有人知道。只知道她曾叫健一去「看看自己」。

健一真的聽了雲子的話，我也相信健一「看到了自己」，健一看到了自己的結果是，留下了一封辭職信。

健一留下了一封給我的信，勸我別再理會這件怪事，就此不辭而別，到他「應該去的地方」去了。健一「應該去的地方」是什麼地方，我一點概念也沒有。

事情的經過，就是那麼簡單，但也是那麼不可思議。

其中還有一點是相當難明白的，那就是健一在進了病房之後，曾不斷說「你們」。

「你們」。

而事實上，當時在病房內，健一面對着的，應該只有雲子一個人。

當我整理出這些來之後，我在想：我是不是應該回日本去找健一找健一呢？

找到了健一，當然可以在他口中明白很多事情，可是我只知道健一離開了東京，他到什麼地方去了，全然不知。要在日本找一個日本人，不會比在印度找一個印度人容易多少，而我要找的印度人，我已經知道了他的身分，和他交談過，我更可以肯定，這個印度人一定會主動來和我接觸，在這樣的情形下，我實在沒有理由離開印度到日本去！所以，在和奈可通了幾乎將近一小時的長途電話之後，我決定不到日本去，至少暫時不去。

我的睡意全消，在房中來回踱步，天色將明。我心中在想，在經過了專家那裏的交談之後，如果那位耶里王子，居然可以忍到天亮之前，不主動來找我，那麼，他可算是一個忍耐力極強的人了。

因為他在從事的勾當，是如此之神秘，這種神秘的勾當，通常是絕不想給外人知道的，而我明顯地已經知道了很多，他怎麼可能不來找我？

第十四部

耶里王子的故事

我的心中，多少有點焦急，不過我一點也不擔心，因為我既然已經知道了他是什麼人，要去找他，也十分容易。

我一面踱着步，一面伸着懶腰，就在這時，我聽到從走廊中，轉來了一下頗為奇異的聲音。那聲音，聽來像是吹哨子發出來的，但是有點古怪，高吭之中，帶着點嘶啞。我一聽到那聲音，就立時認出，那是那種樹葉編成的笛子所發出來的聲響。

我也立即知道，耶里王子來了！我奔到門前，打開了門，自己站在門後：

「請進來，我等你很久了！」

門外靜了片刻，才聽到了一下悶哼聲，接着，一個身形高大的印度人走了進來，就是耶里王子。他穿着一套傳統的白色印度服裝，手中拿着一隻樹葉編成的笛子，一進房間，我就關上門，他也轉過身，向我望來。

我們兩人，對望了片刻。我本來考慮到他可能會對我不利，所以極其警惕，但是我隨即發現，我這種警惕是多餘的。在他黝黑的臉上，找不到絲毫敵

70

意，反而只看到一種徬徨無依的神態。當一個人的臉上有這種神態的時候，那表示他連怎樣對自己都拿不定主意，當然不會再去轉念加害他人。他先想說話，可是嘴唇動了動，沒有出聲。

我作了一個手勢，請他先坐下來：「我們的小朋友可好？」

他有點愕然，雙手合十，向我行了一個禮，才反問道：「我們的小朋友？」

我道：「奇渥達卡！」

耶里苦笑了起來，當他發出苦澀的笑容之際，他的面肉在不由自主抽動着，那顯得他心事重重，一時之間，倒使我以為那頭白色小眼鏡猴，又因為絕食而死亡了。但是他卻立時道：「很好，我們的……小朋友很好！」

耶里在講了那句話之後，後退了幾步，坐了下來，我注意到他的態度，和日間在專家那裏時大不相同。果然，他一坐下來之後，就喃喃地道：「真想不到，你到印度來，是專為了找我？」

我點了點頭，不出聲。我不出聲，是為了易於觀察他的反應。

耶里又苦澀地笑了一下：「我很佩服你的毅力，我叫耶里，全名很長，我也不必向你詳細介紹了！」

他一面說，一面向我伸出手來，在他粗大的手指上，有一枚巨大的綠玉戒指。

我為了表示對他的友好，和他握了手。

由於我心中有太多的謎團要靠他來揭開，所以他肯表示友好，我自然不會拒絕。我一面和他握手，一面道：「耶里王子？」

耶里更正道：「是，不過我的王朝，已經不再存在，只是一個虛名。」

我點頭，表示對印度各邦各部落的「王朝」興衰，相當明白，我只是問道：「你的領地──」

耶里道：「原來的領地在印度南部，現在我還有財產在領地上，那是一座早已傾圮了的宮殿──」

他講到這裏，苦笑了起來，樣子看來不像在可惜宮殿的傾圮，而是別有懷

72

抱。我作了一個手勢，說道：「我真的不明白，雖然你的王朝已不再存在，但

是在印度，你顯然還有相當高的地位──」

耶里接下去說：「也有相當多的財產！」

我說道：「是啊，那你為什麼還要到日本去，做那麼多的怪事？」

耶里的口唇掀動着，過了好一會，才問道：「你以為世上，或是整個宇宙

之中，什麼最吸引人？」

我呆了一呆，這個問題，實在不容易回答。

什麼最吸引人？這個問題的答案，可能因人而異，每一個人，有每一個人

的不同答案，當我想到這裏的時候，心中突然一動，有一個共同的答案，應該

是每一個人都希望那樣的。

我立時道：「三個可以實現的任何願望！」

耶里點頭道：「三個願望！」

我更糊塗了，三個願望和白色小眼鏡猴有關，和靈異猴神有關，何以又和

日本有關?

我要問的問題太多，以致一時之間，反倒一句也問不出來。耶里並不是反應遲鈍的人，他當然可以看得出我一臉詢問的神色。

他的雙手手指互相交叉握着：「說起來，是一個很長的故事，要是你想聽的話！」

我忙道：「想聽，想聽！不論故事多長，我一定聽。」

耶里直了直身子，我又道：「還有一點，我心中的疑問太多，希望在你的敘述中，我可以發問，請你答應我。」

耶里想了一想：「可以。」

他答應了我的要求，但立即又說道：「我對你，也有一個要求。」

我望着他，他道：「在你聽完了我的敘述之後，你要盡你一切力量幫助我！」

我不禁怔了一怔，因為我不知道耶里要我幫他做什麼，但是看他的神情，

74

顯然是如果我不答應，他就不會講他的故事。

如果我得不到他的故事，心中的所有疑團，就不能解得開。看來，沒有選擇！我只好嘆了一聲：「你真會揀提條件的時機！」

耶里做了一個無可奈何的手勢，我也作了一個同樣的手勢：「好，我答應你。」

耶里倒很相信我口頭上的答應。

以下，就是耶里王子的故事。

印度有很多土王，每一個土王都有過他們真正的王朝。

耶里王子的祖先也有過王朝，王朝建立在印度南部，領土並不大，但也曾有過輝煌的歷史。

耶里王子的祖先，在領地上，建立了一座極其宏大巍峨的王宮，也和其他的土王一樣，儲藏珠寶，廣蓄美女，過着窮奢極侈的生活。

那時候，土王和土王之間，為了擴展勢力，爭奪利益，經常發生戰爭，勝

75

利的一方，併吞失敗的一方。在許多次戰爭之中，耶里王子的祖先，幾乎無往不利，所以耶里王朝的領土在不斷擴大，勢力也在不斷膨脹，直到有一年，佔領了一大片原始森林。

印度南部有很多原始森林，別說在幾百年前，就算直到現在，這種原始森林還存在，幾乎是人類的禁地，只有在森林中生長的動物，才能出沒。

那一年，耶里王朝的統治者，只有一個兒子，那位王子，據說自小就聰明過人，勇敢機智，所有的人都認為，這位王子長大了之後，如果接掌王朝，那麼耶里王朝的勢力，一定會更加擴展，說不定整個南印度，都可以歸耶里王朝的統治。

可是，這位王子在他十幾歲那年帶着幾個扈從，到原始森林去探險，去了一個多月，正當他父親已經組織好了龐大的搜索隊伍，懷疑他已在原始森林中遭了不幸之際，他才回來。

王子去探險的時候，帶了六個扈從，全是精挑細選的勇士，但回來的時

候，卻只有他一個人，沒有人知道他在原始森林中究竟遇到了什麼，只知道他回到王宮之後，將自己關在一間房間中，足足三天，然後，就離開了王宮，不知所終。

說這位王子「不知所終」，其實可以有點補充。在這位王子離開王宮之後，他的父親，耶里王朝的統治者，曾派許多人去找尋他的蹤跡，也曾出巨額的獎金，希望知道他的下落，若干年來，也得了不少信息，所得到的消息是，這位王子一直在旅行，漫無目的地旅行，從這個地方到那個地方，一直在旅行，而且，這位王子似乎不肯放棄和每一個人交談的機會，只要遇到人，他一定和人交談，發問，問的問題，是同樣的，不變的一個問題。

當耶里將事情「從頭說起」，說到這裏之際，我陡地怔了一怔，失聲道：

「這位王子問所有人的問題，我知道是什麼！」

耶里有點不以為然：「你怎麼可能知道？」

我固執地道：「我知道！」

耶里攤了攤手，不準備和我爭辯。

我又道：「他的問題是：『你快樂嗎？』而他所得的答案，全是否定的！」

耶里本來是坐着的，一聽得我這樣講，陡地站起來。

然後他重重坐下來，睜大眼，瞪着我，半晌，才道：「你怎麼知道的？」

我道：「在東京，有一個印度人聚會的地方，我因為你，才到那地方去，有一個彈多弦琴的老人向我講了一個故事，內容是一個王子，如何向靈異猴神要求三個願望的事，我從那裏知道！」

耶里又呆了半晌，才道：「原來是這樣，這位曾經見過靈異猴神的王子，是我的祖先。」

我早已料到了這一點，所以耶里說了出來，我倒並不覺得奇怪。

我和耶里，對於那個王子的遭遇，似乎有一種奇妙的感覺。彈多弦琴的老人最後並沒有講明王子怎樣了，但王子在經過了三十年的旅行，向千萬人發出

了同樣的問題之後，他會怎樣，是人人皆知的事，只不過所有的人都不願意講出來，甚至連想也不願意去想。

那時，我和耶里的心情就一樣，想也不願想。

所以，我們都沒有再提及那王子，而耶里則繼續着他的叙述。

當耶里王子還是童年的時候，土王的權力消失，印度中央政府接管了權力，但是還有限度地保留了土王原來的財產。

由於時代的變遷，只有一小部分土王，還願意居住在原來的地方，大多數土王，都帶着財產、家人，向大城市遷移，去享受更豪華、更現代化的生活。

耶里王子的父親，就是遷居到大城市的土王之一。雖然土王的權力已消失，但積累下來的財產，也足以使他們過豪奢的生活。

當土王遷離原來的居所之後，原來巍峨的王宮，便漸漸荒廢了下來。對耶里王子來說，如果不是那個日本人的話，他對於屬於他名下的那座王宮，根本一點印象也沒有。耶里王子在新德里大學學醫，儀表出眾，前途無限，生活舒

適，女友眾多，在大學的附近，他有一幢房子，完全屬於他，是大學同學最喜歡聚會的地方。有一次聚會之中，一個同學，帶來了一個日本人。

那日本人一見耶里，就開門見山地道：「我叫板垣光義，從東京來，很希望你能幫助我！」

耶里有點莫名其妙，不過他生性好客，所以他一面大力拍着那個自稱板垣光義的日本人的肩，道：「只管說，有什麼事？」

光義道：「我研究過印度南部土王的歷史，知道你是其中一個土王的後裔！」

耶里有點得意：「是，到如今為止，我還有着王子的頭銜。」

光義又道：「在印度南部，你還有一座宮殿？」

提到了那座「宮殿」，耶里不禁有點啼笑皆非。在印度中央政府剝奪土王權利的時候，曾經允許土王保留「住所」，而許多土王立時發現，「保留住所」對他們來說，是一個極其沉重的負擔。因為土王的宮殿，又大又宏偉，要保

80

留，每個月都得付出一筆為數極其巨大的保養費。所以不久，不少土王便將他們的宮殿無條件獻出來，作為國家管理的財產。不過，耶里王子的父親卻十分固執，他雖然一樣無法支付龐大的保養費，而且也不再居住在那座宮殿之中，但是他卻任由宮殿荒廢，根本置之不理。耶里王子在兩年前，偶然想起自己還有一座宮殿，曾經租了一架直升機視察過。

自從那次起，他就寧願一世不離開他在新德里的豪華住所，再也不想到那座宮殿去了。

他那次去到宮殿之際，所謂「宮殿」，離一大堆頹垣敗瓦，已相去不遠。宮殿被附近的鄉民，將可以拆走的東西，全都拆走，而印度南部潮濕溫暖的天氣，又特別適宜植物的生長。耶里王子為了要進入原來的大堂，得僱請十個當地人，用利刀砍斷了盤虬在門上的籐，才能勉強探頭進去看一看。

而他探頭進去一看的結果，是被一大群雙翅橫展，足有四十公分長的蝙蝠，嚇得逃了出來。

所以，這時，當一個日本人，忽然向他提及他還擁有一座宮殿之際，耶里忍不住笑了起來：「是的，我有一座宮殿，如果你需要的話，我可以送給你！」

耶里王子在當時這樣說，不過是隨口而出的一句玩笑，因為在他來說，宮殿和廢墟無異，任何人一看到之後，就絕不會再感興趣。

可是，那個日本人板垣光義一聽，雙眼立時射出異樣的光芒來（耶里到這時，才詳細形容板垣光義的身形和容貌）。

板垣光義其貌不揚，身高大約在一百六十公分左右，有着尖削的下額，和特大的門牙，眼珠在說話時不住轉動，看他的樣子，無論如何不像是一個學者，自稱專門研究印度古代歷史。

耶里王子也絕未想到，他和這個叫板垣光義的日本人的會面，會使他的生活發生天翻地覆的變化。

當時，光義雙眼發光，連連搓着手，說道：「太好了！太好了！」

他在連叫了兩聲「太好了」之後，又十分正經地道：「不過，就算你送給我，我也不敢接受，我的要求只是准許我進入你的宮殿！」

耶里更縱聲大笑了起來：「你只管去好了！你已經得到我的批准了！」

光義的神情更加興奮：「謝謝你！謝謝你！請你，是不是可以立即將宮殿的所有鑰匙，都交給我？」

耶里王子像是聽到了世界上最好笑的事一樣，轟笑了起來，他足足笑了幾分鐘之久，笑得光義臉紅耳赤，以為耶里自始至終，只不過是在拿他開玩笑。

可是耶里的轟笑，卻有原因，他在笑聲稍歇之後：「鑰匙？你不需要鑰匙，你需要的是斧頭、刀，或者是炸藥！」

光義不斷眨着眼，耶里才解釋道：「我兩年前去的時候已經是這樣子了，現在，你還得提防吸血的蝙蝠、眼鏡蛇和大蟒，祝你好運！」

光義當時呆了半晌，發出了「啊」地一聲：「我沒想到會是這樣！」

耶里以為對方一定會放棄，可是光義卻立時又道：「不過，我知道有全套

鑰匙，請問能不能借給我呢？」

耶里王子到這時，笑容已全部斂去，而改以十分嚴厲的目光，盯着光義！

這個身形比他矮小得多的日本人，幾乎忍不住要一拳向他的臉上打去！

我聽到這裏，十分不明白，問耶里：「為什麼你要打他？他的要求很正當，還是根本沒有鑰匙，你拿不出來，所以才生氣。」

耶里苦笑了一下：「當然有鑰匙！我為什麼生氣，講出來你就明白了。整座宮殿，一共有七百三十多柄鑰匙！」

我「嗯」地一聲：「的確，那一定是一座偉大的宮殿！」

耶里王子接着又道：「每一柄鑰匙，都是黃金鑄造的！在鑰匙的柄上，還鑲滿了各種寶石，這副鑰匙，可以說是整個家族的傳家之寶，由於我已是族中最主要的人物，這套鑰匙由我保管，價值無可估計，那日本人卻將我當成傻瓜，藉着要到宮殿去為名，想騙這套鑰匙！」

我聽得他這樣講，不禁笑了起來：「我不相信，因為這樣的行騙手法，未

84

免太拙劣了。」

耶里望了我片刻，才嘆了一口氣：「你比我想得聰明，我當時只以為他是想來行騙的，幾乎要出拳打他。」

耶里究竟是一個有教養的人，他當時只是想打光義，而沒有真的出手，但是他對光義的態度，已極不客氣，他揮着手，冷冷地道：「請你走吧！這套鑰匙，我給你，你也拿不動！」

光義忙道：「對不起，我想我沒有說明白，我當然知道這套鑰匙的價值，我只是希望你能讓我將鑰匙的樣子描下來，我去配製。在我描樣子的時候，你可以派無論多少人監視我！」

聽得光義這樣說，耶里不禁呆了一呆。

他在呆了一呆之後，才叫道：「天！看來你真的要到宮殿去！」

光義反倒現出十分古怪的神情來：「誰說我不是要到宮殿去？」

耶里這時，好奇心大起，他拉着光義，在一個比較靜的角落坐了下來，向

光義詳細解釋着那座宮殿的頹敗情形，然後問道：「你要去一個老籐、蝙蝠、毒蛇盤踞的廢墟，幹什麼？」

光義現出極其為難，也極其不好意思的神色來：「本來，我要到你的宮殿去，目的是什麼，應該讓你知道，可是……可是……可是……」

光義一連說了七八句「可是」，還沒有下文，耶里道：「還是不肯說！」

光義的神情更尷尬：「事實上，是我也不能肯定，不過，如果我有了發現，我一定讓你分享，我只要兩個就夠了，一個可以給你！」

耶里呆了一呆：「兩個什麼？一個什麼？」

當時，耶里的屋子裏，已經聚集了不少他的同學，由於耶里一直和光義在角落處講話，有兩個美麗的女同學十分不耐煩，大聲叫了耶里幾次。

耶里本來也不想再和光義談下去，一個頭髮半禿的日本中年人，無論如何比不上兩個曲線玲瓏、青春熱情的少女有趣，所以耶里在順口問了「兩個什麼，一個什麼」之後，已準備向那兩個女同學走去，不再理會光義。

86

可是就在這時候，光義卻用細小的聲音道：「兩個願望，和一個願望，一共是三個願望！」

耶里一聽得光義這樣說，陡地震動了一下，已跨出了的腳僵在半空，然後，他慢慢轉過身來，盯着光義，一時之間，說不出話來。

世界各地，各民族，都有「三個願望」的傳說，而且傳說的內容，大同小異。耶里這時之所以吃驚，是受了光義提及「三個願望」時，那種認真而神秘的口氣的影響。而當他轉過身來之後，看到光義的神情，更令他吃驚，因為光義的神情如此認真，絕不像在開玩笑。

這時，兩個女同學已經來到了他的身後，拉住了他的手臂，但是耶里卻將她們推了開去，一伸手，抓住了光義的手臂，不由分說，拉着光義上了樓，進了他的書房。

耶里關上了書房的門，才道：「你，你說什麼？三個願望？」

光義說道：「是的，三個願望。」

耶里伸手摸着自己的下頦：「三個願望，那和我的宮殿有什麼關係？」

光義又眨了眨眼，才道：「你答應將宮殿的鑰匙讓我複製，才能告訴你！」

耶里立時道：「一言為定！」

光義吞了一口口水，舔了舔口唇：「我專程來研究印度古代史，在一家古老的圖書館中，得到了一份資料，說在你的祖先之中，有一個王子，曾經見過靈異猴神。」

耶里十分失望，他是這個家族的人，自然自小就聽過這樣的傳說，這種傳說，對耶里王子來說，早已失去吸引力！

但是耶里還是問了一句：「是有這樣的傳說，你發現了什麼新材料？」

光義遲疑了一下：「只是我的想像，我想，那位王子在見了靈異猴神之後，曾在宮殿中，有幾天時間什麼人都不見。」

耶里道：「是的，接着他就開始旅行。」

光義道：「對於他見到靈異猴神的情形，一直沒有明確的記載，我想，會不會他在宮殿的那幾天，曾經將他和靈異猴神見面的經過詳細記錄下來？如果是這樣，那麼我們就可以根據他的記載，找到靈異猴神，和猴神見面。」

光義講到這裏，臉上發出異樣的光采來，喘着氣：「如果見到了靈異猴神，就可有三個願望。」

我聽到這裏，忍不住哈哈大笑起來。

對於我的這種反應，耶里有一種無可如何的神情，他喃喃地道：「你和我一樣，覺得好笑！」

我沒有理會他說什麼，只是一面笑着，一面道：「這位板垣光義先生的想像力，未免太豐富了！」

我在這樣說了之後，心中才陡地一動。板垣光義，這是一個很普通的日本名字，板垣，是一個很普通的日本姓。但是大良雲子的情夫，被職業殺手鐵輪一槍射死的那個商人，也姓板垣。

板垣光義和板垣一郎之間，是不是有什麼關係呢？

我想着，順口問了一句，道：「請問，這個板垣光義，和板垣一郎——我相信你認識板垣一郎——之間，有什麼關係？」

耶里當然應該認識板垣一郎，在那個幽會地點的書房中，運來建築材料，砌成了一堵牆的，就是一個印度人，那印度人當然就是耶里。

耶里對於我的這個問題，並沒有直接回答，只是道：「你聽我說下去，就會明白。」

我沒有再問，耶里也繼續說下去。

耶里哈哈大笑，指着光義：「你剛才說過，你得了三個願望之後，分一個給我？」

光義道：「是的，如果你不滿意，給你兩個也可以，我只要一個願望就夠了！」

耶里仍然笑着。直到這時為止，他雖然感到好奇，雖然感到光義十分認

真，但是對他而言，整件事還是十分無稽和可笑，所以他用開玩笑的態度處理這件事。

他笑着問道：「請原諒我的好奇心，你的願望是什麼？」

光義卻漲紅了臉，囁嚅了半晌，才道：「我的願望，只能對靈異猴神說！」

耶里當時，也覺得對方如此認真，如果自己再取笑下去，不是太好，所以他道：「好，今天我沒有空，明天，我可以安排你取得鑰匙的模樣！」

光義大是高興，連連鞠躬，耶里和他約定了明天相會的時間，就送他離開。

第二天，光義準時來到，耶里和他一起到銀行的保險庫，取出了那套黃金鑄成的鑰匙。耶里十分留意光義看到了那套價值連城的鑰匙之後的反應，可是光義對於黃金、寶石，似乎無動於衷，只是攤開了帶來的紙，將每一柄鑰匙的樣子，小心描繪下來。

正如耶里曾經說過，鑰匙一共有七百多柄之多，而光義又描繪得十分小

心，所以描繪鑰匙，也足足花了三天時間。耶里只是在開始的半小時陪着他，以後，就由銀行的守衛看着光義進行這項工作。

三天之後，光義的工作完成，他再到耶里的住所，向耶里致謝。這一次會面，光義向耶里提出了一個建議：「耶里王子，你是不是有興趣和我一起前去，找尋可能存在的記錄？」

耶里大搖其頭：「我沒有興趣，但是希望你在找到了你想像中的記錄之後，立即通知我！」

光義連繫道：「一定！一定！」

耶里又充滿好奇地道：「宮殿中有那麼多房間，大多數已經破敗不堪，我真不知道你的尋找工作如何開始！」

光義的回答倒很老實：「我稍有一點概念，知道那位王子當時是在宮殿的中央部分的！」

耶里有點感慨：「如果我們的王朝還在，我也應該住在那一部分！」

作為嫡儲，他是住在宮殿的中央部分的！哪一部分居住。

光義沒有再說什麼，告辭離去。光義一去，就是半年，半年之中，毫無音訊。

耶里王子望着我：「光義去了半年之久，我也根本已經將他忘記了。有一天，我忽然想起了他，心中想，這個日本人，是不是已經在廢棄的宮殿中叫毒蛇咬死了？還是他已找到了所謂記錄，卻不告訴我？甚至也有可能，他自己去見了靈異猴神，得到了三個願望，卻不分一個給我？」

我笑了起來：「你也想得太古怪了！」

耶里攤着手：「事情本身實在古怪，難怪我會這樣想。」

我皺着眉：「以後，光義一直沒有消息？」

耶里苦笑道：「他要是一直沒有消息，那倒好了。就在我忽然想起他之後不多久，忽然有一個航空公司的職員來找我，給了我一封信……」

耶里道：「他說是一個叫做板垣光義的日本人，臨上飛機回日本時，留下來，託他交給我的，我打發走了那職員，拆開信來看，看了一半，我就呆住了。」

我坐直了身子，板垣光義的這封信，一定極其重要。我甚至可以立時感覺到，耶里之所以會以王子之尊，在日本過着流浪式的生活，也一定與這封信有關！

是以我忙道：「這封信——」

耶里望了我半晌，伸手入袋，取出了一封信。或者應該說，他在望了我半晌之後，取出了一隻皮夾來。皮夾十分精緻，打開皮夾，才取出了那封信來。

信封已經十分殘舊，如果這封信，他一直放在身邊的話，那麼雖然有精緻的皮夾保護，也應該很殘舊了。因為耶里遇到光義的時候，他還在讀大學，照耶里的年紀來推算，那至少也是十多年前的事。

耶里取出了信：「這就是光義留給我的那封信，請看。」

我接過了信，小心翼翼將信紙自信封之中抽了出來。信是用英文寫的。

以下，就是板垣光義寫給耶里的信。

94

第十五部

板垣光義極其怪異的死亡

耶里王子先生：

我是板垣光義，謝謝你的幫助，給了我那麼大的方便，使我能在你的宮殿之中，進行了徹底的尋找。我的想像沒有錯。當年，曾見過靈異猴神的那位王子，的確在回來之後，留下了他的記錄，而我也找到了他的記錄，經過了詳細的研究之後，確定了靈異猴神的存在，也肯定了靈異猴神的確有着極其怪異的力量，可以給任何見到他的人以三個願望。

本來，我發現了這一點之後，應該立即通知你，因為我曾經答應過，分一個或是兩個願望給你，可是當我確知可以見到靈異猴神之後，人總是貪心的，我對我自己的許諾，起了悔意，而且我看你一直不信人可以有實現三個願望的可能，所以我在經過考慮之後，單獨去會見靈異猴神。

結果，我見到了靈異猴神。

在見到了靈異猴神之後，我的確可以得到三個願望，但是結果卻意想不到，不但你絕對無法想像，連我自己也無法想像，而且，就算我詳詳細細說給

你聽，你也一定不會相信。

我曾經因為未遵守自己的諾言，而騙過你一次，不想再騙你第二次，所以我也不想對我的遭遇，再作任何解釋，只是可以告訴你一點：如果你對靈異猴神真的有興趣，你可以到日本來找我，我在日本的地址是……，我們見面之後，我會告訴你如何和靈異猴神會面的途徑。我不會等你太久，如果你決定來，請快點來，因為在看到了自己之後，對我的一切生活、思想，發生了極其重大的影響，我已經知道自己應該如何做。

最後，我對自己的失信，致以極其誠懇的道歉。

板垣光義　敬上

我迅速地看完了這封信。

這封信帶給我的震驚，無可比擬。因為，幾百年前的那個王子，見到了所謂「靈異猴神」，畢竟只是古老的傳說，可信程度極低。

可是，板垣光義的信，卻清清楚楚說明，他曾見到了靈異猴神。

板垣光義還肯定地說，靈異猴神有能力使人實現三個願望。

當然，更令我驚詫的是，板垣光義的信中，也有「看到了自己」這句話，

這句話，普通人不能理解，除非這個人真的「看到過自己」！

我看到過自己，在那間怪異的房間內。

健一看到過他自己，也在那間怪異的房間內。

突然之間，我想起了大良雲子來。

雲子一直堅稱「那不是我，是另一個女人」，那是不是說，她也曾看到過

她自己？

一想到這一點時，我不禁感到了一陣極度的寒意。

我不知道健一看到他自己的情形怎樣。至於我自己，那只是一瞥間的

印象，雖然極其深刻，足以令人永誌不忘，但也不構成什麼特異的事件。

然而，雲子的情形卻不同。她如果看到了她自己，那另一個「她」，會活

動，會做她不敢做的事，簡直就是另外一個人，也就是說，有兩個大良雲子，而兩個大良雲子是從一個大良雲子分裂出來的！

早在鐵輪的住所之中，看了第二卷錄影帶的時候，我就曾和健一討論過這個問題。當時，健一提出的是「精神分裂」：一個人的精神分裂為A、B兩方面。當時我有一個十分怪異的概念是，雲子的情形，是連身體也分裂為A、B兩個的。

如今，我已經更可以肯定，我的這種設想接近事實。

然而，如果這是事實，那太駭人了！試想，每一個人，事實上都有着性格上的A、B面，一面顯露，一面隱藏，但始終是一個人。如果因為人性上的A、B面，而使人的身體也一分為二，這實在是難以想像的一種可怖情形！一個人變成了兩個人！並不是在思想、精神上的分裂，而是身體上的分裂。那情形就像成了複製一樣，一個人外形一模一樣的複製品，但是在感情、思想、性格上卻全然不同，本來隱藏的一面性格，進入了複製體之內！

我一面想，一面背脊之上，不由自主冒出了一股冷汗來。冷汗甚至還向下流着，像是一條有許多冰涼的腳的蟲，在我背上蠕蠕爬行。

這是一種什麼現象？什麼力量使這種根本不可能的現象出現？

這究竟是怎麼一回事？

我張大口，想要大聲疾呼，可是事實上，除了急速地喘氣之外，一點聲音也發不出來。

我用力揮着手，根本不知道該如何才好！

我的思緒紊亂，樣子也一定怪得可以，以至耶里望着我，現出十分驚詫的神情。過了好一會，我才漸漸鎮定了下來，能發出聲音來了。

雖然我發出的聲音，聽來是如此乾澀，不像是我的聲音，但是我總算能發出聲音來了。我道：「你一定一收到光義的信，就立即到日本去見他了？」

耶里聽得我這樣講，陡地呆了一呆。我這個問題，全然是情理之中。如果是我，見到了這封信，就一定要去找光義！

可是我一看耶里的反應，就知道我料錯了。果然，耶里苦笑了一下：「為什麼你會那樣想？」

我道：「光義見到了靈異猴神，這個猴神可以對人賜給三個願望，這對任何人來說都是極大的誘惑，難道你一點不受誘惑？」

耶里伸手在臉上撫摸了一下，像是這樣就可以抹去他臉上顯露出來的那種疲倦和苦澀一樣。

「我沒有去日本，也根本沒有將這封信放在心上，因為我從頭到尾都不相信有這樣的事！」耶里解釋着，又一再重複：「我根本不相信！」

我攤了攤手，對一個根本不相信有這種事的人，光義的信，當然沒有意義，耶里對光義的信這樣反應，也很自然。

可是，我卻知道耶里終於到了日本，他在日本還住了相當長時間，因為他的日語已學得不錯。而他在日本，又幹了那麼多古裏古怪的事情，什麼使他改變了主意？

我心中在這樣想着，還沒有發問，耶里已自嘲地笑了起來：「你一定在奇怪何以我後來又去了日本，是不是？」

我點了點頭，作了一個請他繼續說下去的手勢。耶里嘆了一聲：「人生很難逆料，在我收到信的時候，一來，我根本不相信有什麼猴神可以叫人實現三個願望。二來，我也根本沒有什麼特別的願望，我的生活過得極好，別無所求。所以我根本將這件事完全忘記了，全然沒有放在心上。一直到將近兩年之後——」

耶里說到這裏，停了下來，望着我，現出了一種極其深切的悲哀來。

我可以料得到，耶里在那時，一定是生活上遇到了什麼不如意的事。人到了不如意的時候，就會容易想到要神力的幫助。如意之際，以為自己的力量，可以頂得住天，耶里只怕也不能例外。

「我愛上了一個女子。」耶里說得開門見山：「我不必形容她是多麼美麗和多麼值得人去愛，那……不必要。總之，我一定要得到她，我要娶她為妻。

102

可是，她根本不愛我，不論我如何追求她，用盡了一切我可能使用的方法，她都無動於衷，我簡直要發瘋了。那時，對我來說，生命的唯一的意義，就是得到她。」

耶里略停了一停。我吸了一口氣，並沒有打斷他的話頭。他的敘述雖然簡單，而且講的又是多年前的事情。但是從他那種悲苦的神情、焦促的語氣來判斷，我還是可以深刻地體會到，當時他愛那個女子，愛得多麼深。

「我在經過了將近半年的追求而一無所獲之後，」耶里的聲音由傷感變得平淡：「我忽然想到，如果有什麼神，可以賜給我願望的話，那麼，我唯一的願望，就是要她愛我，像我愛她一樣！」

我「哦」了一聲：「你需要一個願望！」

耶里的面肉抽動了一下：「當時，我的精神狀態極度痛苦，當我想到了這一點的時候，事實上，我還沒有想起光義給我的那封信，和他在信中所說的一切。那天晚上，我喝了很多酒，痛苦得全身都在扭曲，我在房間的一個角落裏

跪了下來，十指纏扭在一起，我用最真誠的聲音，向我所不知道的神發出我心中的呼叫聲，我嘶叫道：給我一個願望，給我一個願望，我要她愛我，像我愛她一樣！」

是不是真有過神明聽到了耶里心底的呼叫，沒有人知道。

而耶里在近乎絕望的情緒下，身子發着抖，聲音發着顫，不住地在祈求他可以有一個立即能實現的願望之際，陡然之間，想起了板垣光義，想起了靈異猴神有關可以賜人三個願望的傳說。

耶里仍然跪着，但是身子已不再發抖，也不再號叫，他開始想，想光義的那封信。

他本來完全不相信有這樣的事，但這時，他為了要得到那女子的愛，任何再不可信的方法，他都願意試上一試。何況光義說得那麼明白，靈異猴神可以給人三個願望。

耶里跳了起來，找到了光義的那封信，立刻辦旅行手續。像他那樣地位的

人，辦手續十分容易，而光義又留下了十分詳細的地址。

當他離開印度的時候，他曾向他所愛的女子道別，聲言再回來，就能娶她為妻，但是那女子卻只是回報他一陣笑聲。

耶里充滿了信心，以為一到日本，根據那地址，找到了板垣光義，根據光義的指示，回到印度，見靈異猴神，他就可以得到三個願望了！

然而，耶里到了日本，卻並沒有見到板垣光義。

一個駐守鄉村的日本警員，靠着自修，會講一些簡單的英語，耶里跟着這個警員，在一條兩旁全是枯草的小道上走着。

那時，正是深秋，枯草呈現一種神祕的紫紅色。生長在熱帶的耶里，從來也沒有想到過草會有這樣的顏色，而深秋的涼風，吹來也令得他有點寒意。那條小徑，蜿蜒向前，像是沒有盡頭。

耶里至少問了十次以上：「還有多遠？」

那警員在耶里每一次發問之後，總是停下來，以十分恭敬的態度回答道：

「不遠，就快到了！」

耶里有點不耐煩，他拉了拉衣領，問道：「我是來見板垣光義先生的，請問，我是不是可以見到他？」終於，他找到了光義住的小鎮。

耶里自從根據光義留給他的地址，找到了那個小市鎮之後，就一直在向他遇到的人說着同一句話，這句話是他學會的第一句日本話。

幾乎每一個人，聽到了耶里的這句話之後，都以一種十分詫異的神態望着他，這種神態，令得耶里莫名其妙，也莫測高深，不知道他要見板垣光義先生，有什麼不對頭的地方。

一直等到他遇上了當地一位小學教員，那小學教員才告訴他：「啊，你要見板垣光義先生？板垣先生就住在學校附近，可是他……他……」

那小學教員的英語還過得去，可是說到這裏，他的臉上同樣現出了那種古怪的神情來，耶里這時，反倒已經見怪不怪了，他道：「請你將板垣先生的住址告訴我，我會找得到。」

那小學教員卻道：「我看你還是先和當地的派出所聯絡一下才好！」

耶里十分奇訝：「為什麼？」

小學教員有點猶豫：「還是先聯絡一下才好，真的，你是外地來的，不明白當地發生過的事！」

耶里還想再問，小學教員已熱心地告訴耶里，派出所就在小市鎮唯一的街道的中心，很容易找，然後，連連鞠躬，滿面含笑，倒退告辭。

耶里呆了半晌，他不知道究竟發生了什麼事，所以只好先向派出所去。耶里走在街上，身後跟了不少好奇的兒童和少年，向耶里指指點點。耶里可能是在這個小市鎮中第一次出現的印度人。

耶里走進派出所，派出所中只有兩個警員，一個完全不懂英語，年紀較輕的那個會一些英語，耶里又重複着那句話：「我從印度來，特地來看板垣光義先生，可是一位教員卻提議我先到這裏來，不知為了什麼！」

耶里在這樣說的時候，盡量想表示輕鬆，可是那年輕的警員一聽，神情卻

變得十分嚴肅，立時和年長的那個，迅速交談了幾句，年長的那個警員，也變得嚴肅起來。

耶里雖然聽不懂他們交談些什麼，可是他也可以肯定，一定曾經有什麼極不尋常的事，發生在板垣光義的身上！

他在焦急地等着答案，兩個警員又商量了好一會，才由年輕的那個道：

「板垣光義已經死了，是在半年前死去的！」

耶里陡地一呆，盡量回想着光義和他見面時的情形。光義的神態確然古怪，但是他的健康情形，決不像分別了一年多之後就會死去的人！但是警員又沒有理由胡說，耶里在那一剎那間，只感到極度的失望。他是充滿了希望來見光義的，可是光義卻死了。

耶里那時的臉色一定極其難看，也極其悲傷，所以那年輕的警員提議道：

「你一定是板垣先生的老朋友了？要不要到他的墳地上去看看？」

耶里這時，心情極度混亂，他其實並沒有聽清楚那警員在提議什麼，只是

108

道：「好！好！」

那警員又道：「板垣先生死了之後，由於他唯一的親人在東京，而且事情又有點……有點……怪，所以我們是立即把他葬了的，我是少數參加他葬禮工作的人之一。」

耶里這次，倒聽清楚了那警員的話：「怪？他死得有點怪？」

警員的面肉不由自主抽搐了一下：「是的，死得很……怪……很怪。」

耶里望着那警員，一時之間，弄不明白什麼樣的情形才叫作「死得很怪很怪」。他還想繼續再問，那年長的一個警員，卻大聲叱責了年輕的警員幾下，年輕警員現出相當委屈的神情來，沒有再說什麼，只是道：「我帶你到板垣先生的墳地去！」

耶里的心中，充滿了疑惑，他跟着那年輕的警員離開了派出所，不一會，就離開了市鎮，走在那條兩旁全是枯成了赭紅色秋草的小徑上，而且走了將近四十分鐘，還未曾到達墓地。

耶里心中充滿了疑惑，不知道光義「死得很怪」是什麼意思。

不單是耶里當時不明白，當耶里向我詳細地敘述着經過，講到這裏的時候，我的心中也充滿了疑惑，不明白光義「死得很怪」是什麼意思。

我和耶里曾經有過協議，我可以在半途打斷他的話來提問題。

由於我心頭的疑惑實在太甚，所以我忍不住作了一個手勢，阻止他再講下去，而且立即問道：「死得很怪，是什麼意思？」

耶里望了我一眼：「我無法用三言兩語向你說明白，你一定要耐心聽我講下去。光義真的死得極其怪異。不論當時親眼看到的人如何保守秘密，光義的那種怪異情形，一定已傳了開去。由於事情實在太怪異，根本無法令人相信，所以小鎮上的人也抱着懷疑的態度，但是又聽說過曾有怪事發生，這就是為什麼我一來到小鎮上，一問起板垣光義，人人都透着古怪神情的緣故。」

耶里這樣一解釋，我反倒更糊塗了！

光義的死亡，究竟有什麼真正的怪異之處呢？看來，除了聽他詳細叙述下

去之外，沒有別的辦法。

足足一小時之後，耶里才看到了板垣光義的墳墓。

墓很簡單，只是一個土堆，略有幾塊平整的大石，壓在土堆上。在墓前，有一根木柱，上面寫着一行字。那時，耶里對日文全然不懂，也看不明白寫在木柱上面的，究竟是什麼字。

警員向墓地指一指，耶里向前走了幾步，越過了木柱，望着長滿了野草的土堆，心中傷感莫名，喃喃地道：「你怎麼死了？你死了？我怎麼才能找到靈異猴神？怎樣才能實現我的願望？」

耶里說了許多遍，轉過身來，他到這時，才發現那警員盯着光義的墳，現出十分駭異的神情。雖然這時，天色已經黑了下來，而且四周圍也極其荒涼，但是作為一個警員，實在沒有理由害怕。

當耶里注意到他的神態之際，那警員現出很不好意思的神情來：「對不起，板垣先生……死得實在太怪，所以我……有點害怕。」

耶里忍不住了，大聲道：「究竟他死得怎樣怪法？」

那警員嘆了一聲：「這……填裏……一共埋葬了兩個人。」

耶里陡地一呆，一時之間，不知道那警員這樣說是什麼意思。那警員說道：「兩個……兩個……」

耶里大聲道：「另外一個是什麼人？」

那警員卻道：「沒有另外一個人。」

耶里有點發怒，如果在印度的話，他可能已經忍不住要出手打人了！但不論他心中如何不耐煩，如何焦躁，總也可以知道，在一個陌生的國度中，毆打當地警員，這可不是鬧着玩的。

所以，他忍住了氣，沒有動手，也同時不準備再和那警員說下去，因為他發現那警員簡直語無倫次。他只是悶哼了一聲，可是那警員卻還在繼續着：

「兩個……兩個都是板垣先生！」

我聽到這裏，直跳了起來。

我跳了起來之後，神情一定怪異到了極點，以致在我對面的耶里，陡地向後仰了一仰身子，下意識地用行動來保護他自己，怕我會有什麼怪異的行為。

我張大了口，聲音有點啞：「兩個……兩個……板垣光義？」

我在這樣講的時候，立即想到的，是「兩個大良雲子」。同時，我已想起了一個細節，那細節是奈可轉述健一在精神病院時見到雲子的情形時提及的，奈可提到，他隔着門，聽到健一和雲子的對話，健一在對話中，不斷用了「你們」這個字眼。

當時病房之中，如果只有雲子一個人，健一是沒有理由用「你們」這樣字眼的，一定是除了雲子之外，另外還有一個人在。

那另外一個人是什麼人？如果也是大良雲子，那就是兩個大良雲子！

還有，殺手鐵輪在進入那個幽會場所之後，也曾大叫「你是誰」。他自然是看到了另一個人，才會這樣喝問。

他是不是也看到了另一個大良雲子呢？看來不是。因為鐵輪在臨死之前，

還掙扎着面向書房，問了那句：「你是誰？」

由此可知，他看到的那個人，一定令得他產生了極度的震驚，那麼這個人是誰？是鐵輪，另一個鐵輪，鐵輪看到了他自己！

我也曾看到過我自己，有兩個我！

耶里當時不明白那警員這樣說是什麼意思，但是我一聽得耶里轉述，我立時可以明白那是什麼意思。

我的呼吸不由自主急促起來，這實在太匪夷所思、太怪誕了。

耶里望着我，神態很悲哀，他道：「根據以後發生的許多事，你大抵已經可以知道是怎麼一回事了。」

我毫無目的地擺着手：「不，我不明白。我只是知道了一種現象：雲子有兩個，職業殺手鐵輪可能也有兩個。我就曾看到過我自己，有兩個。健一……我不知在他身上發生了什麼事，但……可能也有兩個。」

耶里靜靜地望着我，對我的話，沒有反應。

我繼續道：「看來，每一個人，都有兩個！」

耶里又道：「不是看來，而是實際上，每一個人，都有兩個。」

我瞪大了眼，一時之間，不知如何接下去才好。耶里看來也不準備和我進

一步討論下去，只是示意我別再打擾他，他要繼續說下去。

我深深地吸了一口氣，又坐了下來。

耶里當時尖聲叫了起來：「兩個板垣先生？」

那警員急促喘着氣：「是的，我們一直不知道板垣先生還有一個和他一模

一樣的雙生兄弟，他是被他的雙生兄弟殺死，或者，他殺死了他的雙生兄弟，

因為他們兩個，根本一模一樣，所以誰也分不清他們誰是誰，他們兩個

人……」

警員還在向下說着，耶里忙道：「等一等，等一等，究竟你在說什麼？」

警員道：「事情發生的那天晚上，剛好我輪值巡邏。板垣先生的住所，離

小學不遠。我才轉過小學的圍牆，就聽到了爭執聲從板垣先生的家中傳出

來。」

警員望了耶里一眼，耶里也不由自主，退後一步，離得墳墓遠一點，並且示意警員繼續說下去。警員繼續道：「我當時覺得很奇怪，因為板垣先生獨住，全鎮都知道，鎮上的人尊敬他，知道他從事研究工作，沒有什麼人比他學問更好，也沒有他那麼多的書——」

警員還想說下去，耶里已大喝一聲：「別揀不相干的事來說！」

警員苦笑了一下，他顯然並不是想說這些不相干的話，只不過在他的下意識中，他不想將他目擊的古怪事情講出來而已。

在被耶里大喝了一聲之後，警員停了片刻，才又道：「我聽到有爭執聲傳來，立時就走了過去，來到了板垣先生的住所之前。一來到他住所之前。裏面傳出來的爭吵聲更清楚了，一聽就可以知道是兩個男人在爭吵。但是奇怪的是……奇怪的是……」

警員說到這裏，又向耶里望了一眼，才道：「在我感覺上，兩個在吵架的

116

人，聲音一樣，只不過一個急躁、暴怒、有力，聽來十分兇惡，另外一個，則軟弱無力，聽來充滿悲哀。」

警員來到了板垣住所門口，爭吵聲自板垣的住所中傳出來。

警員聽得極其清楚，他的記憶力也不壞，事後可以將兩個人爭吵時所說的話，原原本本追述出來。雖然當時只有他一個人，他的話，沒有什麼人可以佐證。但是這位警員決沒有理由編造出這一番話來。

所以，當後來，兇案發生之後，這個警員的報告，也被上級接納，將之歸入檔案。

警員聽到的爭吵聲如下：

粗暴的聲音，不斷吼叫着，在吼叫中，帶有一種可怕的咆哮：「你太沒有用了，為什麼就這樣離開？要不是你這樣不中用，又何必在這個小鎮上默默無聞？」

軟弱的聲音，無可奈何地：「我必須這樣，我只能這樣，請你不要逼

我！」

粗暴的聲音，繼續吼叫着，先是一連串的粗話，然後是責難：「放屁！你完全可以提出你的願望，你要什麼就有什麼，你的願望可以實現！你可以有一切，可以成為世界上最有名望、最有權力、最富有的人！你可以成為擁有一切的人！」

軟弱的聲音：「那又怎麼樣？」

粗暴的聲音：「那又怎麼樣！你這白癡、飯桶，豬牛都比你知道應該怎麼樣，你不該放棄，不該溜回來！」

軟弱的聲音：「就算我擁有世界上的一切，可是有一樣最主要的，我還是沒有！」

粗暴的聲音：「那又怎麼樣？」

粗暴的聲音，一連串的冷笑：「我知道，你所謂得不到的東西是快樂！既然人人都得不到快樂，為什麼你連可以得到的東西都放棄？」

軟弱的聲音：「沒有快樂，其餘一切會有什麼用？請你別再說下去了！」

粗暴的聲音：「我要說！一定要說！」

警員聽到這裏，又聽到了一些碰撞的聲音，像是有人推跌了什麼人。警員覺得自己應該採取一些行動，所以他用力拍着門，大聲叫：「板垣先生！板垣先生！」可是，拍門卻沒有反應，在裏面爭吵的兩個人，似乎並沒有聽到震天價響的拍門聲。反倒是住宿在小學的一位教員，聞聲披衣出來。這時，自裏面傳出來的，已經不是爭吵聲，而是聽來相當劇烈的打架聲了！

警員在教師出來之後，兩人作了一個手勢，一起用力去撞門，當他們撞開了門，衝進去之際，他們兩個人都呆住了！

他們看到了兩個板垣光義，正在地板上扭打，其中的一個，已經扼住了另一個的咽喉，而被扼住咽喉的另一個，手在地板上摸索着，抓住了一柄鋒利的刀。

警員和教師一起驚叫起來，就在他們的驚叫聲中，被扼住了頸的那個，已經抓起了刀，一刀刺進了在他身上的那個的左脅。

那一刀刺得極深，直沒到刀柄。被刺中的那個發出一下可怕的吼叫聲，十

指收緊，警員和教師又聽到了被扼住頸的那個，頸中發出一下可怕的聲響，顯然是連氣管都被扼斷了！

警員和教師兩人才一進來，一切都已經發生，事情如此突然，而且如此恐怖，警員和教師兩人都嚇呆了。等到他們定過神來，企圖去分開那兩個已死的人時，發現他們糾纏得如此之甚，簡直分不開。

兩個人全死了，其中一個，肯定是板垣光義，另一個是什麼人，卻身分不明。

為了弄清另一個人的身分，當地警方真是傷透了腦筋。兩個人看來一模一樣，甚至指紋的記錄，也絕無差別。警方無法解釋這件事，只好將另外一個人，當作是板垣光義的從未露過面的雙生兄弟來處理。雖然人人都知道，板垣光義並沒有雙生兄弟，但是除此之外，還有更好的解釋嗎？

板垣光義並沒有親人，只有一個遠房的堂姪，在東京經商，當地警方，輾轉找到了這個光義的唯一親人板垣一郎，但是一郎卻推託說商務太忙，無法到鄉下來主持喪禮，所以並沒有來。

120

我聽到這裏，「啊」地一聲：「原來板垣一郎是光義的堂姪！」

耶里道：「是的，不過關係很疏遠。」

我苦笑了一下：「不論關係多麼疏遠，兩者之間，已經拉上了關係，一環和另一環可以扣起來了！」

耶里也苦笑着：「我和這個在東京經商的板垣一郎，本來完全沒有關係，但也因此而發生了聯繫！」

我想了一想：「是的，由於你和板垣一郎有了聯繫，本來，我和你更是一點關係也扯不上的，也連帶有了聯繫。」

耶里喃喃地道：「是的，一環緊扣一環，本來是全然沒有聯繫的人和物，被這些環節串在一起，發生了連鎖關係。」

我點頭，同意耶里的説法。

我問道：「因為一郎是光義的姪子，所以才去東京找他？」

耶里道：「不是，當時我根本沒有在意，也根本不準備去找他。我沒有回

印度，因為無法忍受失敗。得不到那女子的愛，我寧願流落在日本。」

我皺了皺眉，那女子的愛，對耶里來說，一定極其重要，我在日本遇到他時，他在日本的生活，顯然不是很好。

耶里繼續道：「我在日本住了好幾年，有一天，忽然在報紙上看到了一段尋人啟事，奇怪的是，被找的人是我，而要找我的人，並沒有署名。」

我有點不明白，望着耶里。

第十六部

古老箱子中的怪東西使人看到自己

耶里吞了一口口水，講出了當時的經過。

耶里看到那段啟事的時候，是黃昏，在一家低級酒吧之中。酒吧才開始營業，人很少，耶里是這家酒吧的常客，一個吧女也沒有來，老闆娘在打着呵欠，耶里無聊地取過一份報紙，還是隔日的，但是他卻看到了那段找他的尋人啟事。

啟事如下：

一位印度先生請注意：多年前，一個日本人曾要求借用你的宮殿，去尋找一些東西，結果他找到了，回到了日本之後不久死去。我現在想晤你，有很多不明白的事要向你請教，我曾託人到印度去找你，知道你在日本，所以才刊登這段啟事，希望你見到之後，向報館的第三十八號信箱，和我聯絡。

耶里仔細地將這段尋人啟事看了好幾遍，直到肯定刊登這段啟事的人，要找的正是他這個流落在日本的印度人！當時，他的心頭起了一種異樣的感覺，覺得有一些事快要發生。

124

在隔了那麼久之後，忽然有人登報找他，事情是不是和板垣光義有關呢？

因為啟事中提到的，曾向他借用宮殿的那個日本人，顯然就是板垣光義！

耶里立時離開了酒吧，到了那家報館，留下了一張字條，寫明了他目前的住所和聯絡方法。第二天，他就在住所接到了電話。

電話中傳來一個男人的聲音：「耶里先生，我收到了你的留字，我認為我們必須見一次面，有一些事，實在神秘得不可思議！」

耶里問道：「你是誰？」

電話中的男人道：「電話中不是很方便解釋，我們見面之後我會介紹自己，我日間相當忙，下班時間之後，我給你一個地址，你到那裏來見我！」

電話中的男人聲音有點急促，而且也顯得很神秘。但是耶里卻並沒有什麼可以害怕的，不論對方懷有什麼目的，他都不會有損失。

耶里記下了那個地址，等候着下班時間的來到。

耶里在敘述中，講出了那個地址來，我一聽，就不禁嘆了一聲。

那地址，就是板垣一郎和他的情婦大良雲子幽會的地點。

通常來說，男人不會約其他人到幽會的地方去，除非他要見的人、要談的事，十分秘密。

由於這個地址，我自然不必等耶里說出來，也可以知道「電話中的那個男人」，就是板垣一郎！

我並沒有打斷耶里的敘述，只不過發出「啊」的一下低嘆聲，同時作了一個手勢，示意他繼續說下去。

耶里等到了下班時分，照着地址，來到了那幢大廈的大堂。耶里在日本生活的那段日子，經濟上事實絕不發生問題，他在印度的代理人，每月都有巨額的匯款寄來給他。由於心理上的自暴自棄，所以過的是流浪漢的日子，衣衫不整，儀表污穢。

他一走進那幢大廈，管理員就迎了上來，向他大聲叱喝。

請各位注意，這個管理員的名字叫武夫，也就是後來，意外地死在狩獵區

的那個。

耶里的身分本來極尊貴，但這些日子來，他對於叱喝也早已習慣，所以他對管理員的態度，並不以為意，只是說出了他要見的人、所住的單位。管理員向他不信任地望着：「等一等！」

管理員通過大廈的內線電話，向耶里要見的人詢問着，耶里只聽得他不住地道：「是，井上先生，是，井上先生！」

然後，管理員放下了電話，向耶里作了一個手勢，示意他可以上去。

耶里進入了升降機，升降機停下，門打開，耶里已看到了一個中年日本男人，站在門口等他，樣子很客氣，但也透露着一種焦急的等待。那中年人見到耶里之後，好像有點意外，但隨即道：「請進來，耶里先生，請進來！」

耶里走進了那個單位，單位並不大，但是佈置得相當精緻，耶里四面看了一下，坐了下來，望着那中年男人：「井上先生，有什麼事？」

他叫那男人為「井上先生」，是因為他曾聽到管理員在內線電話中這樣稱

呼之故。

可是那中年男人卻怔了一怔，隨即道：「井上是我的假名，我的真名是板垣，板垣一郎！」

耶里怔了一怔，「啊」地一聲，立時站了起來。板垣這個姓，使他想起了光義。他立即道：「有一位板垣光義先生——」

板垣一郎立時道：「那是我的堂叔，一種相當疏遠的親戚關係，但由於光義堂叔根本沒有別的親人，所以我也可以說是他唯一的親人！」

耶里想起了很多事，想起了他要去找光義，結果卻在光義的墳前，聽警員敘述光義死時的怪情形，警員好像曾提到過，光義有一個在東京營商的堂姪，根本沒有來參加喪禮。當時，耶里對這個「堂姪」並沒有留下什麼特別印象，現在他才知道，可就是光義唯一的親人。

耶里「嗯」的一聲：「是，我知道，你並沒有參加你堂叔的喪禮！」

板垣一郎的神情，多少有點忸怩，他解釋道：「因為我事務忙，走不開，

鄉下傳來的消息說，我有兩個堂叔，毆鬥致死。我從來只知道我只有一個堂叔，所以⋯⋯我以為傳錯了，就沒有去！」

一郎的解釋，當然極其勉強，但那和耶里全然無關，耶里也沒有興趣追問下去，只是道：「那麼，你要找我，是為了什麼？」

一郎神情有點猶豫：「你⋯⋯真是光義堂叔遇到過的那位⋯⋯耶里王子？」

看到一郎這種猶豫的神情，耶里並沒有說什麼，只是悶哼了一聲，自頸際除下了一條頸鍊來，向一郎拋過去：「你看看這個！」

一郎一伸手，接住了頸鍊，鍊子是銀質的，已經發黑，而且還骯髒得很。

可是當一郎看到了那頸鍊墜之際，他卻張大了口，合不攏來。

一郎已經是一個相當成功的商人，平時自然有不少接觸珠寶的機會。可是一個商人，一生所接觸的珠寶，和一個印度土王的後裔相比較，簡直是太微不足道。他這時看到的，是一塊極大的藍寶石，至少在八十克拉以上，圍着這塊

藍寶石，是一圈簡直無懈可擊的翡翠，每一粒皆在三克拉以上。

一郎吞了一口口水，雙手將頸鍊捧着，還給了耶里。當他在捧還頸鍊的時候，雙手甚至禁不住發抖。他當然知道，雖然他已經是一個相當成功的商人，可是他那全部財產，只怕也換不到這樣一個頸鍊墜！

耶里不經意地將頸鍊又掛上，一郎道：「對不起，我剛才竟然懷疑你的身分，真是見識太淺薄了，請你千萬不要見怪！」

耶里只是揮了揮手，又問道：「你要見我是為了——」

一郎搓着手，道：「事情是這樣，我堂叔死了之後不久，由當地警方轉來了一箱東西，說是我堂叔的遺物，有遺囑寫明，留給我的！」

耶里一聽到這裏，心頭不禁跳了起來！

他來日本的目的，是為了找光義，問他關於靈異猴神的事情。可是光義卻已經死了，耶里以為一切資料已經無法再找得到了。但如今，一郎卻說光義有一箱東西留下來給他！

那箱東西，是什麼東西？是不是和如何可以找到靈異猴神有關？

耶里霍地站起來，又陡然坐了下去，神情十分緊張，失聲道：「那箱東西——」

他在說了四個字之後，喉際因過度的緊張而感到一陣乾澀，竟然無法再講下去。

一郎道：「那箱東西送來的時候，只說是我堂叔的遺物，那是一口十分破舊的箱子，我根本沒有放在心上，隨便擱在儲物室中。」

耶里緊張得雙手緊握：「那口箱子——」

一郎道：「一直到前幾天，我在儲物室中找點東西，才又看到了那口箱子，一時好奇，心想，堂叔不知道留下了一些什麼給我？箱子鎖着，鑰匙也不知道被我拋到什麼地方去了，我順手將鎖撬了開來，箱子中，一大部分，是另外一隻木箱——」

耶里道：「箱子中另外有一隻木箱？」

一郎道：「是的，其餘的空間，是許多書本，和一些筆記，我堂叔記下來的！」

耶里聽到這裏，不由自主，發出了一下呻吟聲。他實在太興奮了！他到日本來，就是為了得到這些東西，他以為絕望了。尤其是近月來，他得到消息，他愛的那位女郎，已快嫁人，要是他能及時見到靈異猴神，得到三個願望，那麼，他就可以得到那女郎的愛！

這時，耶里再也沉不住氣了，他急促地道：「那正是我到日本來要找的東西，一定是⋯⋯請你開一個價錢，我不惜任何代價要得到它們，我是一個十分富有的人，我的祖先曾經有過一個王朝！」

一郎聽得耶里這樣說，急急地眨着眼：「耶里先生，你鎮靜一下，聽我說下去！」

耶里還想說什麼，但一郎一再做着手勢，不讓他開口，耶里只好嘆了一口氣，又坐了下來。一郎道：「我是一個腳踏實地的生意人，對於不切實際的事

情，我都沒有興趣。本來，我連翻閱那些筆記的興趣都不大，但是我在打開了另一隻箱子之後，卻看到了一樣怪東西。」

耶里對於光義的筆記，是有概念的，因為光義留給他的那封信中，曾提及他在宮殿中有所發現，而且他也曾見到了靈異猴神，那當然有可能留下了記錄。

可是，什麼是「怪東西」呢？耶里卻莫名其妙，一點概念也沒有。他反問道：「怪東西？什麼怪東西？」

一郎道：「直到現在，我還不知道那是什麼，而且我也無法形容它的形狀，總之，那東西極怪，現在我將它搬到這裏來了，你可以看一看。」

一郎一面說道，一面指着一扇門。

那扇門，是通向一間書房的。

耶里對於什麼「怪東西」，其實興趣不大，他有興趣的是光義留下來的記錄，可以使他見到靈異猴神的方法！

所以耶里立時道：「不管那是什麼東西，先別理它，光義先生的筆記——」

一郎卻又打斷了他的話頭：「還是先看一看那東西好，這東西實在太奇怪——」

耶里有點無可奈何，轉頭向那扇門看去，一郎已經走向那扇門，去打開那扇門，當一郎打開那扇門之際，耶里不禁發出了一下奇怪的聲音來。

因為他看到，一郎打開那扇門時，並不是握住了門柄推開門，而是從另一個方向打開的。耶里一面發出驚訝的聲音，一面站了起來。

一郎轉頭向他望來：「自從我將這東西搬到這裏來之後，我雖然不知道那是什麼，但是感到一定極其重要，所以我將門反裝了，萬一有人偷進來，他也打不開這扇門，不會將那東西偷走！」

耶里只覺得好笑：「連你自己也不知道那是什麼，怎會有人來偷？」

一郎攤了攤手：「難說得很，整件事情，又怪又神秘，誰能預料！」

說話之間，他們已經進了書房。書房並不大，一進門就可以看到房中間放着一隻殘舊的木箱。

134

一郎走向前，打開那木箱。

正如一郎剛才所說，打開木箱之後，箱中的一大半空間，被另一隻木箱所佔據。而那另一隻木箱，木質深紅，看來年代更加久遠，在可以看到的箱蓋部分，有着線條古怪的浮雕。

耶里一看到這種浮雕，就呆了一呆，浮雕所雕刻的，是一種神像。耶里可以肯定那是神像，而且是屬於印度的神像。

但是在印度，各種各樣造型不同的神，少說也有幾千個之多，耶里一時之間，也叫不出那神像的來歷名堂來。一郎再打開那箱蓋：「你看！」

耶里走前兩步，向箱中看去，一看之下，他也不禁呆了半晌。

箱中所放着的，自然就是一郎口中的「怪東西」了。那真是怪東西，只怕任何人一眼之下，都無法說出那是什麼東西來。

「怪東西」的體積，大約是五十公分立方，那是一堆奇形怪狀、漆黑色、隱隱閃耀着一種亮光的東西。它的形狀無法形容，全然不規則。如果有人將五

十公斤的錫熔化了之後，陡然之間將之傾進一個冷水池中，那麼，這五十公斤的錫凝結起來的形狀，就和這個「怪東西」差可比擬。那是無以名之的怪形狀，而這樣形狀的東西，有什麼用處，也說不來。

「怪東西」的重量不是十分重，耶里一看到那東西的形狀如此古怪，伸手去提了一提。

他在一提之下，發現了兩件事。第一，怪東西的分量很輕，輕到了出乎意料之外，因為它的體積相當大，而且顏色黝黑，看起來像是金屬製品，想像中，至少應該在二十公斤以上，可是耶里一提，卻發現還不到一公斤，他用的力氣相當大，一下子就將那怪東西提了起來。

嚴格來說，他不是將那怪東西一下子提了起來，而只是將那怪東西的一部分，一下子提起來。

那怪東西的結構，相當異特，看起來，奇形怪狀的一堆，全然是一個整體，但是一提之下，卻是無數層極薄的一層一層，堆疊在一起，每一層之間，

有相當細的細絲，連結在一起。連結的細絲，只有一厘米，或許還不到一厘米長短。

耶里的體高大約是一百八十公分，那也就是說，在他一提之間，那怪東西，已被拉成了八百層以上的薄片，而且，還有一大半，還留在箱子裏，如果將之整個拉開來，只怕在兩千層以上！

那情形，就像是一大堆極薄的薄紗，經過小心摺疊之後，堆成一模一樣。不過不同的是，薄紗如果經過拉起之後，再放下去，絕不會還維持原來的形狀，一定亂成一團。可是耶里在一拉之下，發覺那東西可以拉成許多層，心中一驚，立時鬆手，所有的薄層，立時下落，完全照原來的情形，仍然堆在一起！

耶里失聲道：「這……這究竟是什麼？」

一郎搖頭道：「我不知道，我只知道這東西如果完全取出來，可以完全拉成薄片，而且可以將之鋪開來，變成面積極大的一大片，但是也十分容易恢復

原狀，薄片和薄片之間，好像有着某種聯繫！」

耶里吸了一口氣，輕輕拉起了幾層薄片，發現每一片薄片，比紙還薄，而且一拉開來之後，每一片薄片，看起來全然是無色的透明體，只是中間，有許多閃耀不定的閃光點。

而這些閃光點，如果不是將薄片對準了光源的話，也全然看不出來。

耶里盯着一郎：「光義的筆記之中，應該提到過這怪東西，光義的筆記呢？你將光義的筆記，藏到什麼地方去了？」

耶里一面說着，一面陡然衝動起來，雙手陡地伸出，抓住一郎雙臂，用力搖着。一郎給耶里的動作嚇得驚叫起來：「筆記在！在！我請你來，就是想和你共同研究一下。」

耶里鬆了雙手，一郎似有餘悸地向後退了一步，才說道：「對於這些筆記，我仍然很不明白，我已經買了不少參考書來看，但是還不明白，似乎筆記中提及，在印度，有一個神，是猴神——」

耶里發出了一下如同呻吟似的聲音：「靈異猴神！」

一郎忙說道：「是的，靈異猴神，這個神，可以給人三個願望？」

耶里道：「傳說是這樣，你快將光義的筆記取出來，我們一起研究一下。」

一郎望着耶里，眨着眼，神情有點狡猾，想說什麼，但卻又沒有說出聲來。

耶里看到這種情形，悶哼了一聲：「你想說什麼？」

一郎道：「我不知道是每一個見到了這猴神的人都可以得到三個願望，還是一共只有三個願望！」

耶里有點不耐煩，喝道：「那有什麼分別？」

一郎繼續眨着眼：「如果每個人都可以有三個願望，那當然不成問題，如果總共只有三個願望——」

一郎講到這裏，耶里已經明白了他的意思：「行了，我只要一個願望已經夠了，餘下來的全是你的，你該滿意了吧？」

一郎高興地握着手：「那當然好！那當然好！太多謝你了！」

耶里作了一個手勢，請一郎快點拿光義的筆記出來，一郎打開了一個櫃中的一大疊文件，道：「全在這裏了。」

耶里看到的，是幾個塞得滿滿的牛皮紙袋，他立時全取了出來。

板垣光義的筆記，可以分為幾個部分。

第一部分，是他研究印度古代傳說中，有關靈異猴神部分的箚記。這一部分，所記下來的傳說，前面全提到過，所以不再重複。

第二部分，是記載着他如何在宮殿之中，尋找資料的經過，這一部分，記載得相當詳細，但是經過的情形和故事並沒有多大關係。總之，光義在耶里王朝的廢宮之中，找到了一大卷文字記載的實錄。

這一大卷實錄，在另一個牛皮紙袋之中，記載寫在一卷極薄的絹上，捲成一卷，絹色發黃，用的文字，是印度古代的文字。

板垣一郎當然看不懂印度的古代文字，如果他看得懂，他不會在報上刊登

尋人啟事找耶里來會面。但是耶里卻看得懂。耶里一面看，一郎不住地在一旁

問：「那是古代的文獻，上面寫着什麼？」

耶里直到看完，才吁了一口氣，說道：「這是很久以前，一個印度王子見

到了靈異猴神之後，留下來的記錄，記載着一切經過。」

一郎的神情緊張：「那樣說來，是真的了？」

耶里道：「已經有兩個人，至少已經有兩個人曾見過靈異猴神，一個是幾

百年前的王子，另一個是光義，讓我們再來看看光義的記錄！」

耶里又打開一隻牛皮紙袋來，取出一大疊寫滿了字的紙張來。耶里雖然在

日本住了相當久，但是卻也絕不夠程度看得懂草書日文。而光義的記錄，又全

是用十分潦草的筆跡，日文書寫的。

耶里翻了一翻，就道：「他寫了些什麼？」

一郎卻道：「那王子寫了什麼？」

耶里說道：「我已經告訴你了！」

一郎道：「一大卷古代印度文字，就是那麼簡單的幾句話？」

耶里怔了一怔，立時明白了一郎的意思，一郎看到耶里的神情不怎麼自在，強調道：「我是商人，不怎麼肯吃虧。我們最好誰也別欺騙誰，你將印度古文一字不改地翻譯給我聽，我也將日文唸給你聽！」

耶里苦笑了一下，心中十分鄙夷板垣一郎的提議，但是他卻也想不出有什麼辦法來，只好答應。一郎還不放心：「希望你別騙我！」

耶里幾乎要一拳打過去，但是他終於忍住了：「幾百年前的記錄，當然沒有光義親身的記錄重要，你說是不是？」

一郎不置可否，只是狡獪地眨着眼。耶里無法可施，只好將那一卷絹上的印度古文，逐句翻譯出來，講給板垣一郎聽。

那位古代王子見到靈異猴神的經過，寫得極其詳細，耶里在叙述之中，也曾詳細就他的記憶，向我講出來。但是我卻不準備複述。因為後來光義的記錄中，同樣的情形，重複了一遍。

而且，光義的記錄，比那位古代印度王子更詳細，因為現代日文，究竟比古代印度文字進步，可以用來表達更多東西。

耶里在譯完絹上所記錄的一切之後，一郎開始將光義的記錄唸給耶里聽。

光義的記錄，採取了日記體裁，記得極其詳盡。

各位一定以為我會將光義的筆記，詳細公佈複述？

不過，我仍不打算那樣做。因為以後事情的發展，使得光義筆記中發生的事，又發生了一遍，如果記述出來，又重複了。當然，記下發生的事，比轉述光義的筆記要好得多。

可是有一點，在光義的筆記之中，有關那件「怪東西」的，卻要先記述一下，因為這「怪東西」的地位，在整件事件中，十分重要，沒有它，根本不會有整個故事一開始之際的鐵輪躲在酒店房間中射死板垣一郎的事件。

光義筆記中，有關那「怪東西」的記載，出現在他的三段日記之中。

當然，由於這三段日記，是板垣光義整個日記之中的一部分，所以，看來

有頭無尾，但也可以看得明白。

某月某日

實在太興奮了，根本無法入睡。如果有誰在見到了靈異猴神之後，還能入睡的話，那麼，他不是白癡就是超人，我（這裏的「我」，當然是記日記的板垣光義）不是，所以我興奮得不知如何才好。猴神——我見到他的時候，只略為想了一想，他像是已猜到了我在思索他的身分，當時便喝道：「別胡思亂想，我是猴神，你不必想別的！」

沒有人能在這時候不聽吩咐，而且，見猴神的過程是如此之靈異，那令我不能不戰戰兢兢。昨天初見的時候，我由於太緊張，所以連半句話也講不出來。過了一夜之後，我考慮了千百遍，今天一定要鼓起勇氣，向他提出要求來。

我俯伏在地，以無比尊敬的神態和聲音祈求：「聽說，凡是見到你的人，都可以向你提出實現三個願望的要求！」

「是的，」猴神立時回答。猴神的聲音聽來極其柔和，有一種受催眠的感覺：「不過，在你提出你的三個願望之前，你最好確定一下，你所提的三個願望如果實現了，是不是真的心滿意足？」

我幾乎不必考慮，立即道：「我早已想過了，從我知道有你的存在開始，我已經將我要提的三個願望，想了千百遍！」

猴神笑着：「可能你還考慮得不夠周詳，我讓你先看看你自己，你才可以確定你已想好了的三個願望，是不是你真想提出來的。」

我覺得這是多餘的，但是吩咐既然如此，當然不能違拗，於是我道：

「好，不過，什麼叫作『讓我看看自己』呢？」

猴神笑了起來，順手按着一個木箱子。木箱子很古老，上面有着美麗的雕刻。

猴神指着那箱子，道：「打開它。」

我依言過去，打開了那木箱子，我看到了一堆奇形怪狀的東西。我相信，沒有人看了那堆東西之後，可以叫得出那東西是什麼。

我望了望那堆怪東西，又望了望猴神，猴神道：「你站着別動！」他在說

話的時候，雙眼望定了我。由於他雙眼之中有一種異樣的光采，他的話有一種

不可抗拒的力量，所以我立時站立不動，而且，在和他的目光相接觸之際，我

有一種目眩的感覺。

我才站定，就看到猴神伸出了他的手。天啊，他的手臂，竟像是可以作無

限度的伸張，他站得相當遠，但是他的手臂一直在延長，伸過來，抓住了那奇

形怪狀的東西，提了起來。

那東西一被提起，就散了開來，散成了比紙還薄的薄片，看去全然透明，

一點顏色也沒有。他提起了那東西之後，不住抖着手，令得那些薄片，貼在四

壁的牆上。由於又薄又透明，貼上去之後，一點也看不出來。

那東西本來是形狀極不規則的，可是一散成薄片之後，每一片的邊緣，恰

好能夠吻合，就像是一種數百片不規則的紙片可以拼湊起一幅幅畫來的拼圖遊

戲。我仍然站着不動，猴神向後退，命我緩緩轉動着身子。

我遵命轉動着身子，轉了一百八十度，猴神命我繼續轉，我又轉了一百八十度，轉了一個圈子，我呆住了。

我看到了我自己。

第一天，板垣光義提及那怪東西的日記，到此戛然而止。耶里顯然在事後，曾讀熟了光義的日記，所以當他向我轉述的時候，他像背書一樣背出來。

我聽了光義的第一天日記，呆了一呆：「他看到了自己之後，怎麼樣？」

耶里道：「你再聽下去，就會明白！」

我拗着手指，神情極緊張：「光義的日記中，好像在強烈地暗示，他看到了自己，和那堆怪東西有關？」

耶里苦笑了一下：「不是強烈的暗示，簡直說得明明白白！」

我發出了「啊」的一聲，沒有再說下去。我也沒有想什麼，沒有去揣測以後事態可能的發展，因為耶里會毫不保留地講給我聽的。

耶里繼續他的敘述。

板垣光義第二天的日記：

某月某日

我看到了我自己。

那不是一個和我一模一樣的人，那人就是我，我可以肯定：那人就是我！

我看到了我！

我看到我自己的情形，像是我對着一面鏡子。不同的是如果我面對一面鏡子，鏡子中的我自己，只不過是一個虛像，摸不到，也不能交談。但現在，在我面前的，是一個實實在在的人。

這個人，就是我，可以碰到，可以交談，這個人，就是我。

我變成了兩個，一個變成了兩個，多了一個我出來，這個多出來的我，就在我的面前！我可以和我交談！

148

我和我自己談了很久。

板垣光義的第二天日記相當簡單，集中在寫述他「看到了自己」之後的情形。

當我聽耶里背出光義這一天日記之際，我不禁深深地吸了一口氣。

是的，「看到了自己」的情形，的確如此，光義的描述十分好！我也曾有一霎間「看到自己」的經歷這種經歷告訴我，的確是看到了自己，一個我，變成兩個我！

我還怕耶里不明白光義日記中所記述的一切，想開口向他解釋，但是耶里已作了一個手勢，阻止我開口，他道：「我明白，我完全明白！」

我又吞了一口口水：「你也——」

耶里揚了揚眉：「是的，我也看到過自己分成兩個人，你別心急，再聽下去，你會了解更多，現在，隨便你怎麼想，也想不到事情的真相是怎樣的！」

我承認：「你說得對，我想也沒有用，因為我根本想不出來。」

板垣光義第三天的日記：

某月某日

我和我談了很久。

我在和我談了很久之後，才發現我原來是這樣的。三個願望現在沒有什麼意義了。

猴神問我：「你現在可以提出你的三個願望了！」

我的回答是：「我沒有願望，我只想回去，回到我應該去的地方！」

猴神說：「我不勉強你，你真的一點要求也沒有？」

我早已想好了，如果不是猴神這樣問我，我當然也不便提出來，但是他問了，我就不怕說。我道：「可不可以將這件怪東西給我？」

這時，那怪東西已從牆上取下，又被放回木箱子之中，看來仍是奇形怪狀的一堆。

猴神呆了一呆，像是想不到我會有這樣的要求，但是他立即道：「可以給你，不過我不明白，你要它來有什麼用？」

我道：「我想和我自己多談一點話，我還想多看一點自己！」

猴神沒有再說什麼，只是道：「你可以走了！」

我走過去，提起那箱子，那怪東西並不是很重。我提着它來到門口，轉過身子問：「這怪東西，究竟是什麼？」

猴神說了一個有很多音節的名詞，我無法記得住這許多音節，可能由於我現出了惘然的神情，補充道：「你就將它當作是可以使你能看到你自己的東西好了。」

我表示明白，猴神忽然又道：「其實，你要了這東西，不會有好處！」

我苦笑了一下：「好處？什麼是好處？」

我說了之後，猴神就沒有再說什麼，而且，突然在我面前消失，我帶了這木箱，覓路離開。

那怪東西屬於我，我可以隨時看到我自己。不會有好處，是的，不會有好處，但我唯有這樣，才能知道我自己。

一個人如果連自己是怎樣的一個人都不知道，豈不是很可悲，活着有什麼意義？

更進一步來說，一個人，如果連自己是怎樣的一個人都沒有勇氣去知道，或是想也不敢去想，這豈不是更加可悲？

我不會這樣，我要知道自己究竟是怎樣的一個人，所以我要了那東西。

耶里望着我，我也望着耶里。

我的思緒極紊亂，一時之間，實在不知該想些什麼才好。在呆了半晌之後：「那東西……究竟是什麼？」

耶里道：「你和我一樣，當一郎將光義的日記唸給我聽之後，我聽了這一段，也這樣問！」

152

我立時道：「一郎當然也不知道那東西是什麼！」

耶里道：「不，一郎知道！」

他在看到我一臉大惑不解的神情之後，又補充道：「其實，你和我也應該知道！」

我搖頭，表示自己不知道：「一郎怎麼回答？」

耶里當時，就站在那堆怪東西之前，他指着那堆怪東西問：「這究竟是什麼？」

板垣一郎立即回答：「日記中說得很明白，這東西，有一個很長音節的名字，但實際上，那是一個可以使你看到自己的東西！」

耶里陡地一呆，突然大聲笑了起來：「就算能看到自己，又有什麼用處？」

第十七部

一種可以複製出一個人來的裝置

板垣一郎的神情十分嚴肅，他的那種嚴肅的神情，更使耶里覺得好笑。也難怪耶里，的確，就算看到了自己，又有什麼用處？

耶里不斷地笑着，令得一郎十分惱怒，他陡地大喝道：「別笑了！」

耶里止住了笑聲，愕然地望着一郎，一郎作了一個請他靜聽的手勢：「事情一點也不好笑！你難道未曾注意到，不論是那個王子，或是光義的記載，都提到了十分重要的一點！」

耶里怔了一怔，「嗯」了一聲，未置可否。一郎立時又道：「這十分重要的一點是：他們向靈異猴神提出要三個願望，可是，靈異猴神一定先要他們看看自己！」

耶里點頭道：「不錯，是這樣。而且……而且……」

一郎不等耶里講完，就道：「兩個見過猴神的人，在看到了自己之後，都放棄了向猴神提出三個願望的要求！」

耶里深深吸了一口氣，說道：「是，這其中……多少有點古怪。為什麼當

他們在看到了自己之後，會放棄了三個願望的要求呢？」

一郎道：「我也想過，但是想是沒有用的，要知道其中究竟，我們必須設法先看到自己！」

耶里再吸了一口氣：「我仍然不明白，就算看到了自己，又怎麼樣？」

一郎盯着耶里：「我是一個生意人，每當我和對手談論一椿生意之前，我總要設法先了解這個對手的性格，和他應付別人的方法，有了準備，就容易成功和擊中對方的要害！」

耶里仍然有點不明白，他沒有出聲，只是等着一郎繼續講下去。

一郎道：「既然有兩個人，都在看到了自己之後，放棄了向猴神提出要求，這其中就一定有某種原因在。我……我們最終目的，要去見猴神，是不是？」

耶里立時道：「當然是！」

一郎道：「我們要先做準備，不論情形如何，我們的目的是要有可以實現

的願望，即使猴神使我們看到自己之後，也不改變主意！」

耶里到這時，總算完全明白了一郎的意思。一郎是先要來一次「實習」，免得到時，像王子和光義一樣，臨時改變了主意。耶里對於一郎的深謀遠慮，十分佩服，他指着那堆奇形怪狀的東西：「你懂得怎樣使用這個東西？」

一郎道：「我不懂，但是光義的記錄之中不是說得很明白麼？那東西全攤開來之後，他只不過轉了一個圈，就看到了他自己！」

耶里道：「你的意思是，我們也可以照樣試一試？」

板垣一郎點着頭：「是。」耶里來回踱了幾步，眼睛一直盯着那堆怪東西：「這件事，做起來並不困難，你完全可以獨立完成，為什麼你要見我，和我一起進行，分薄了你可能得到的三個願望呢？」

我聽到這裏，立時道：「問得好，一郎怎麼回答？」

耶里吸了一口氣：「他的回答，倒也很合情合理。他說，一來，對這種怪異的事，他有一種恐懼感，一個人不敢進行。二來，他看不懂印度文字的記

載，要等完全弄清楚了才進行。」

我呆了半晌：「你⋯⋯你們真的進行了？」

耶里點了點頭，半晌不出聲，忽然自嘲似地笑了起來，繼續他的叙述。

進行起來，一點也不困難，將那怪東西提起來，怪東西變成薄片，薄片對於附近的物質，有一種吸力，當它靠近牆的時候，會吸附在牆上。由於它是如此之薄，而且又是透明的，所以當它附吸在牆上之際，根本看不出牆上已附了一層薄片。

怪東西放在箱中，看來體質並不大，可是在抖了開來之後，面積相當大，那間書房的三面牆、天花板、地板上全附滿了之後，還是有一小部分留在箱子裏。

一郎顯得相當焦躁：「怎麼辦，房間不夠大。」

耶里指着靠窗的一面道：「如果這一面不是窗，也是一堵牆，我看恰好夠全部鋪上。」

一郎道：「是啊，我們可以在那裏砌一堵牆。」

耶里道：「那好像怪一點，會引起人家注意。」

一郎説道：「不要緊，我們可以在晚間進行，我們兩人合力，我因為家庭的關係，不能抽太多的時間出來，你可以全力進行，反正晚上這裏很靜，只有管理員一個人，可以收買他，叫他別出聲。」耶里這時，也被一郎的話，和王子、光義的筆記，以及那堆怪東西弄得好奇心大起，而且他也實在需要一個可以實現的願望，所以他答應了一郎，由他來負責，在房間的臨窗一面，砌上一堵牆。耶里的砌牆工作進行得很順利，由一郎出面，買通了管理員武夫，請武夫別對任何人提起。耶里出面，去買磚頭灰漿，只不過花了兩晚工夫，就在臨窗的一面，砌成了一堵牆。

這堵牆，使這間房間成為怪房間。也是這堵牆，使得一個探員，在準備跳進去時，撞在牆上，反彈了出來，跌到街上斃命。這些，耶里和一郎兩人，在計劃砌這堵牆時，當然料不到。

牆砌好之後，拉成薄片的怪東西，還是不夠地方全部鋪開來，但是只餘下一小部分。當怪東西全被拉出來之後，那一小部分，又自動附吸在已有薄片的牆上，仍然一點也看不出來。

當做好了這一切之後，他們兩人的心中，都緊張到了極點。

為了在這間房間中進行這樣的事，板垣一郎已經好幾天沒和他的情婦雲子幽會了。他不能讓雲子發現他在進行這事，這件事是他和耶里兩人之間的秘密。

一郎和耶里兩人互望着，隔了好半晌，一郎才道：「是你先轉，還是我先轉？」

耶里舉起手來：「讓我先來看看我自己！」

耶里一面說，一面迅速地轉了一個身，當他又面對着原來的方向時，他神情十分滑稽地眨着眼，因為在他的面前，根本沒有什麼他自己。

耶里笑了一下，再轉了一個身，在他面前的，仍然是什麼也沒有。一郎也眨着眼，跟着轉身。

他們兩人，每個人至少轉了七八十次身，耶里甚至有點頭昏腦脹的感覺，但是房間之中，仍然只有他們兩個人，並沒有奇蹟出現。

他們都停止了轉動，一郎道：「一定有什麼地方不對頭！」

耶里苦笑：「就算有，我們也沒有辦法，因為那東西究竟是什麼，我們根本不知道！」

一郎十分粗暴地道：「已經對你說過了，那東西是可以使你看到自己的東西。」

耶里也怒道：「可是你看到了什麼？」

一郎吸了一口氣：「我沒有看到什麼，但是光義卻會使用那東西，他有了兩個自己，每一個可以看到對方，他會用。」

耶里當時呆了一呆，他是知道板垣光義死前的情形的，當地警方，認為光義有一個雙生兄弟，相互之間殺死了對方。可是這時，一郎卻提出了截然不同的看法。

板垣一郎提出來的說法是：光義有兩個，兩個全是光義。一個光義，是與生俱來的，原來的光義。而另一個光義，則是由於那怪東西的作用而出現的！

我聽耶里講到這裏，陡然作了一個手勢，阻止他再講下去，同時，我急速地喘着氣：「等一等，你是說，光義臨死之前，已經一個人變成了兩個人？」

耶里搖頭道：「不，還是一個光義，不過化成了兩個！」

我忍不住大聲道：「他媽的，這算是什麼意思？究竟是一個還是兩個？」

耶里瞪了我半晌，說道：「一張文件，複印了一份，連同原來的文件，你說是一份，還是兩份呢？」

一份文件，複印了一份之後，一共是兩份還是一份呢？

應該是兩份，一份是副本，一份是正本。

可是，始終只是一份，因為副本是由正本而來的，來來去去都是一份。

我被這個問題弄得思緒十分紊亂，我呆了片刻之後：「耶里，你接觸這個

問題比我久，你的心中一定已經有了設想，你能不能將你的設想講出來給我聽聽，別再打啞謎了！」

耶里低下了頭，不出聲，我注意到他的身子在微微發抖，這顯然是由於他的心中，想到了一個極其可怕的問題之故。

我等了半晌，聽不到他出聲，才又道：「不論你的設想如何可怖、怪誕，都不要緊，只管講出來，根本整件事已經夠怪誕的了。」

耶里聽得我這樣說，才抬起了頭來：「你說得不錯，在接觸了許多怪事之後，我的確有一個十分可怕的假設，但我的這個假設，在經過了若干事實之後，才逐漸形成。我想，我將事情的發生接次敘述下去，你會比較容易了解我的假設。」

我有點不願意，但是耶里的話也未始沒有理由，所以我點了點頭，表示同意。

耶里當時瞪着一郎：「你的意思是，光義一化為二了？」

一郎道：「你可有別的解釋？」

耶里走前幾步，伸手去觸摸附在壁上的薄片，轉過身來：「這怎麼可能，一個人怎麼可能化成兩個？如果將一個人從中割開，那是兩個半邊的人，不是兩個人。」

一郎十分焦躁：「別和我爭論這個問題，我不知道！我不知道！」

他一連說了十來聲「我不知道」，忽然自言自語地道：「或許，我們沒有那種白色的小眼鏡猴，所以才不能成事？」

一郎的語聲很低，可是那時已是深夜，四周圍極靜，房間中更是一點聲音也沒有，耶里立時聽到了他的話，也立刻問：「什麼小眼鏡猴？」

一郎神情有點慌張，想要掩飾，可是耶里知道白色小眼鏡猴在傳說中的地位，他知道白色小眼鏡猴，土名叫奇渥達卡，是靈異猴神的使者。從一郎的神色之中，他也可以看出，一郎正對他隱瞞着什麼。

這使得耶里極其惱怒，狠狠地瞪視着一郎。一個身形高大的印度人漢發起

怒來，樣子相當可怕，一郎後退了幾步：「我⋯⋯沒有⋯⋯我只不過⋯⋯有一頁光義的日記，沒有給你看！」

耶里怒吼一聲，一拳揮出，那一拳，已快擊中一郎的鼻子之際，一郎已將一頁撕下的紙張，取了出來，所以耶里能及時收住了勢子。

一郎已大聲讀了出來，這一頁日記提及的事，是說要見到靈異猴神，必須有白色的小眼鏡猴帶路，白色的小眼鏡猴，是靈異猴神的使者。

耶里仍瞪着一郎，一郎解釋道：「這種白色小眼鏡猴，不知去哪兒找，等到找到了，我一定不會再瞞你，真的，我們必須合作才好。」

一郎為了向耶里討好，又道：「你看，這裏我不是每天用，一個星期最多用一兩次，其餘的時候，你可以一個人在這裏，盡量研究！」

耶里緩緩放下了拳頭，心中罵了好幾遍「卑鄙的日本人」，但是對於一郎的提議，他卻不表反對。

當晚，一郎離去，耶里留了下來。

接下來的日子，每當一郎不用這個單位和雲子幽會，耶里就時常來，獨自一個人在那間房間中，不過他一直沒有「看到他自己」。

耶里注意到，一郎有時也會獨自一個人在那間房間中，可是看一郎的情形，他也沒有看到「自己」。

這樣的情形，又維持了一年的光景。

耶里接到印度來的信息，他夢裏的情人已經結婚，那使他傷心欲絕。

他接到信息的那天，喝得極醉，又來到了那間房間之中，一腔怨憤，無處發洩，到了房間之後，不住地用拳向牆上打着。

當他不住拳擊着牆壁之際，他根本沒有想到什麼，只是想發洩，他根本沒想到牆上附着一層極薄的薄片，就是那堆怪東西化出來的。

而就在這時，耶里突然聽到了他的身後，傳來了一陣嘿嘿的冷笑聲。

這間房間，在近一年來，幾乎只有耶里和一郎兩個人到過，照常理來說，耶里忽然聽到背後有人冷笑，一定會以為那發出冷笑的人是一郎。

可是耶里卻絕沒有這樣的感覺，他雖然喝得相當醉，但是他還是立時發覺

出，發出冷笑聲的人是他自己！他的第一個反應動作十分可笑，他雙手緊捏住

自己的腮，想使自己發不出冷笑聲來。

但是冷笑聲還在繼續着，耶里只覺得寒意陡生，甚至沒有勇氣轉過頭去

看，他全身的肌肉變得僵硬，酒意也從冷汗之中消失。

冷笑聲在他的身後大約維持了半分鐘之久，他又聽到在他的背後，傳來了

一個冰冷的聲音：「逃避、喝酒，有什麼用？」

耶里全身震動，那是他自己的聲音！

他陡地轉過身來，就在那一刹那，他看到了他自己！

耶里講到這裏的時候，身子仍在不由自主地顫動。我自然明白他為什麼會

這樣。因為每當我想起我看到自己的那一刹那，我也會有同樣的反應。

所以，我為了表示安慰他，將手用力按在他的肩頭上，好令得他比較鎮定些。

耶里喘了一會氣，才道：「我看到了自己，站在對面，用一種極不屑的神情望着我，那種嘲弄、鄙視的神情，我一輩子都忘不了，在我一生之中，從來也沒有人這樣鄙視過我，原來最最看不起我的人是我自己，我自己最看不起自己！」

對於耶里這樣的話，我實在無以應對，只好繼續拍着他的肩。

耶里又道：「當時我整個人都呆住了，我只記得我什麼也說不出來，我只是大聲叫了一下，然後問道：『你是誰？』這句問話，我可能在刹那間持續重複了六七次之多，那純粹出於極度的驚駭！」

我陡地震動了一下。

「你是誰？」這是一句相當普通的問話，照理不應該引起任何震動，但是在刹那之間，我想起了職業殺手鐵輪。鐵輪臨死之際的情形，曾經由四個幹練的探員向我詳細敘述過，他們都說，鐵輪曾竭力使自己的身子，移近書房，然後，發出了一句問話，才斷了氣。他問的那句話就是：「你是誰？」那是不是

說，鐵輪在一進了那個單位之際，也看到了他自己？鐵輪已死，大良雲子成了瘋子，這個問題不能再有肯定的答案，但是我相信推測不錯，因為一個人若不是受了極度的震驚，不會這樣，而還有什麼比看到自己更吃驚的？

耶里見我發怔，道：「你想到了什麼？」

我揮着手，沒有說什麼，因為鐵輪臨死的情形耶里並不知道，向他解釋，太費唇舌。我只是問：「接下去又怎麼樣呢？」

耶里喘着氣：「我事後也不明白當時反應如何會這樣奇特。一開始，我只感到極度的驚恐，但是當我一看到了我自己，我突然轉為無比的憤怒，我實在無法忍受任何人對我這樣鄙視，即使是我自己，我也不能忍受，所以我一面喝問，一面衝過去，向着我自己重重地揮出了一拳！」

聽得耶里這樣說，我忽然有了一種十分滑稽的感覺，但同時，卻也不禁遍體生寒，我想講一兩句比較輕鬆一點的話，可是卻又講不出口。

耶里一面喘着氣，一面道：「一拳打出，我打中了⋯⋯我自己，我可以肯

170

定，那是一個實實在在的人，並不是什麼幻覺、想像，一拳打得很重，打得⋯⋯中了拳的那種退一步，我看到口角有血流出來，可是⋯⋯他⋯⋯我自己⋯⋯的那種鄙夷的神情更甚，我實在無法再忍受，就轉身疾奔了出去，我甚至不用升降機，是由樓梯疾奔下去，衝出了那幢大廈。」

我靜靜地聽着，不表示什麼。

我只是輕輕地道，不表示什麼。

耶里的神情極其苦澀：「這樣的經歷，給你的打擊一定十分沉重？」

者說在我的潛意識之中，對自己確然有一份鄙視，我算是什麼呢？我是一個土王的後裔，一出生，就擁有巨大的財富，可以生活無憂，長大了，是一個花花公子，可以任意揮霍，但我究竟算是什麼呢？連一個我最愛的人也得不到，在日本，如果沒有印度來的財源，早已餓斃街頭！我算是什麼？我什麼也不是。」

我搖頭道：「不單是你，每一個人，如果自己問自己：『我算是什麼』，

都不會有答案。」

耶里道：「是，但不是每一個人都可以看到自己對自己現出這樣鄙視的神情。」

我沒有說什麼。耶里又道：「當晚，我又去喝酒，喝得酩酊大醉，在公園裏露宿了一晚，第二天一早，我就和一郎聯絡，約他到公園來見我。」

我問道：「他來了？」

耶里道：「來了。」

耶里和板垣一郎在公園見面的時候，宿酒未醒，眼中佈滿了紅絲，神情十分可怕，一郎一見了他，就嚇了老大一跳：「怎麼啦？」

耶里陡地一伸手，拉住了一郎的衣領，將一郎直扯了過來，厲聲道：「板垣一郎，你聽着，我和你之間的關係，到如今為止！以後，我不要再見你，我對你那他媽的三個願望，一點興趣也沒有。你自己全都要去好了，聽到沒

172

有？」

耶里説到後來，簡直是在吼叫，神態瘋狂。

一郎一面掙扎，一面道：「好！好！」

耶里鬆開了手，轉過身去，一郎在他的身後，整理着衣領，問道：「究竟……發生了什麼事情？」

耶里深深地吸了一口氣：「什麼也沒有發生過！根本什麼也不會發生！」

耶里一説完，就大踏步向外，走了開去，剩下板垣一郎一個人呆立在公園中。

「從那一天起，我就一直沒有再見過一郎。」耶里説，神態極其誠懇。

我心中充滿了疑惑，望着他，緩緩地搖着頭：「不對。」

耶里道：「我知道事情有點怪，可是我，自從那一刻起，就未曾再見過他。」

耶里特別加重語氣。我沒有理由不信他的話，但是如果相信了他的話，我心中的疑團，如何解釋呢？

我仍然盯着他：「不對，或者你沒有見過一郎，可是你去見過他的情婦大良雲子。」

耶里陡地瞪大了眼，像是聽到了最無稽的話，大聲叫了起來：「大良雲子？一郎的情婦？我發誓絕對沒有見過這女人。」

我來回走了幾步，將在鐵輪家裏，發現那卷錄影帶的事情，和錄影帶的內容，向他簡略地說了一遍。當我說完之後，發現耶里的神情，可怕到了極點。

他黝黑的臉上，泛着一層死灰色，人坐着，可是身子卻不由自主地在搖擺，口唇顫動着，發出一連串聲音，我聽得他在不住地叫着：「天啊！天啊！」

我大聲道：「你對這件事，總得有一個解釋才行。」

耶里又發了半晌抖，才道：「那不是我，那是另一個人，那不是我！」

同樣的話，正是瘋了的雲子不斷在說的。

耶里所說的，和雲子所說的，幾乎一字不易。

「那不是我，那是另一個人，那不是我！」

耶里張大口，像是空氣中的氧氣突然稀薄了……「我相信，衛先生，你一定已知道那個去見雲子的人是誰！」

我吸了一口氣：「是……你見過的你自己？」

耶里發出了一下呻吟聲：「當然是。天！他竟是確確實實的存在。他可以做任何事，他……他……就像我一樣。」

刹那之間，我思緒紊亂到了極點，只是無助地揮着手，不知如何才好。

耶里仍在繼續着：「天啊！從那一刻起，我已經連鏡子都不敢照，怕的就是再看到自己，可是……可是那個我，那個我……」

耶里的神情，變得如此可怕，以致我恐怕他忍受不住情緒上的打擊，同時，我對整件事，也已經有了一個模糊的概念，我陡地叫了起來：「有兩個你，就像有兩個大良雲子。」

耶里的喉際發出了「咯咯」聲。

我又叫道：「我也相信，有兩個大良雲子。」

耶里的喉間，仍然發出「咯咯」的聲響。

我的聲音也變得尖銳，說道：「你聽到沒有？有兩個！有兩個！」

我的情緒也激動起來，一面叫，一面雙手按着耶里的肩頭，用力搖撼他的身子。耶里道：「是的，有兩個！有兩個！另外一個，是那怪東西製造出來的，那怪東西！」

我陡地停了手。我只想到有兩個耶里，兩個板垣光義，兩個大良雲子，卻並沒有想到另外一個是那「怪東西」製造出來的！

我呆呆地望着耶里，耶里定了定神：「你可記得猴神對光義說過，那怪東西是『可以令你看到自己』的東西？」

我點頭，當然記得。

耶里道：「當我在那房間，看到了自己而又逃走之後，我就一直在想這個問題，我的設想是，那怪東西，是一種複製裝置、猴神的法寶，猴神利用這種東西，可以複製出一個人來！」

我張大了口，聽着自耶里口中吐出來的聲音，整個人像是飄浮在雲端，有一種極度的虛浮之感。

一種可以複製出一個人來的裝置？

通過這個裝置，可以使一個人變成兩個人？

誰聽到這種説法，都會有和我同樣的感覺！

耶里像是怕我不明白，又進一步道：「那情形，就像是複印機，將一份正本放進去，可以有一份副本印出來，文件還是一份，可是有了正副本。」

我仍然張大了口，因為我需要額外的氧氣，使我的心情平靜，我奇怪何以在這樣的情形下，我居然還能講話，我說道：「你的意思是，和雲子見面的那個，不是你，只不過是你的副本？」

耶里不住點頭：「我……一直以為，副本只是在一剎那間出現，但據你所説——」他的神情充滿恐怖：「據你所説，副本……竟一直存在着，在活動，這……太可怕了！」

我也感到一股極度的寒意：「副本的活動，你難道一點也不知道？」

耶里指着我：「你也看到過你的副本，你可知道你的副本，現在在幹什麼？」

一聽得耶里這樣講，我的身子也不禁發起抖來。

我們兩人都好一會不出聲。在這段時間之中，我拚命作其他的設想，希望可以推翻耶里的，但是卻不成功。我其實已經同意了，不過因為太可怕，所以不願意承認。

但是，耶里的設想是接近事實的，不然，如何解釋光義忽然變成了兩個？

還有，健一進了病房，為什麼一連使用了幾個「你們」？那當然是他一進去，就看到了兩個大良雲子的緣故，大良雲子和她的副本，一起出現在病房之中，所以健一才會口稱「你們」。

再有，鐵輪當然是看到了他自己的副本，才大聲問「你是誰」的。

我不但同意了耶里的設想，而且還在耶里的設想上，有了進一步的推論。

我先開口，道：「耶里，我又想到了一點，十分重要的一點！」耶里呻吟

似地答應了一聲，望着我。

我說出了我想到的一點。

我用十分沉重的聲音道：「耶里，正本和副本，只不過是稱呼上的方便，

實際情形，我看很不相同。」

耶里用疑惑的目光望着我。

我繼續道：「我同意你的說法，那堆怪東西，有一種神奇的力量，可以使

人看到自己，也就是說，複製出一個副本來。但是副本和本人，外形上雖然一

模一樣，內在性格卻截然相反。」

耶里的喉間又發出「咯咯」聲響來。

我再發揮我的看法：「每一個人，在性格上，都是雙重的，副本的性格，

正是本人性格上平時隱藏不表露的一面，是本人的潛意識的擴大！」

我之所以這樣說，是根據了已知有副本的幾個人的情形來推論的。

大良雲子在失聲、不能再唱歌之後，做了板垣一郎的情婦，表面上看來，她對這種秘密情婦的生活，感到相當滿足。但是她的潛意識中，卻感到無限的悲苦，對用金錢購買了她的一郎，也痛恨入骨。這一切性格，全在她的副本身上表現了出來：去和殺手接頭，要殺死板垣一郎！

板垣光義研究歷史，心平氣和，可是他的潛意識卻貪婪兇惡，平時，潛意識不表露，但是這種潛意識，在他的副本身上，卻成了主要的意識。所以，兩個性格截然不同的光義，才會由爭執而動武，以致同歸於盡。

耶里性格相當懦弱，從他的行動中可以肯定這一點，為了得不到他所愛女郎的垂青，他可以流落在日本，沒有勇氣回印度去。可是他的副本，卻承受了他潛在性格中堅強的一面，當他醉酒自怨之際，鄙視他，看不起他！

我，誰都知道樂觀、百折不撓、勇往直前、堅強、頑固，幾乎沒有什麼力量可以令我屈服。但難道我的性格之中，我的潛意識之中，就沒有恐懼、懦弱的一面？就算我一百二十四個不願意承認，我看到過我的副本，我看到過我自

己愁眉苦臉，惶惶如已到世界末日的那種極端徬徨無依的神情！那就是我內心深處、性格的另一面的反映！

第十八部

找猴神的行程之一

耶里神情駭然地聽我舉出了四個例子，他吞了一口口水：「我相信後來，板垣一郎的副本也出現了，那個……那個教唆雲子去殺他妻子的一郎，可能就是一郎的副本！他平時對妻子怕得要命，可是副本承受了他的潛在意識，敢安排一項對他妻子的謀殺！」

我再吸了一口氣：「不單是人的身體的分裂，而且是人的性格的分裂。每一個人都有雙重性格，就可以分裂成兩個性格完全相反的人！」

耶里補充了一句：「由於那怪東西的奇妙作用而發生！」

接下來，又是一個相當長時間的沉默。

仍然是我先開口，我道：「現在，我也有點明白，何以在看到了自己之後，光義會不再向猴神提出願望。」

耶里揚了揚眉，我道：「光義看到了他自己，也和他自己談了話，這是他在日記中說的，光義一定想不到自己的另一面，竟是這樣窮兇極惡地貪婪，他開始鄙視自己，覺得自己如果是這樣的一個人，三個願望根本無法滿足自己的

184

貪慾，所以索性不再提了，他的要求，只是要求和他自己的另一面長久相會，以便作更進一步的了解。」

耶里道：「有可能是這樣！」

又是好一陣子沉默，耶里才道：「從那次之後，我真的沒有再和板垣一郎見過面，在板垣一郎的身上又發生了一些什麼事，我全然不知。我仍然在日本，沒有回印度去，直到我忽然在一間酒吧中看到了白色小眼鏡猴。」

那是我和耶里的第一次見面。

可以想像得到，一個有了耶里這樣經歷的人，忽然之間看到了白色眼鏡猴——猴神的使者，他會感到何等的驚訝。

而事實上，耶里也表現了他的驚訝，他會大叫一聲：「奇渥達卡！」

我道：「我記得那一天晚上的事。不過，板垣一郎之死，全日本轟動，你難道沒注意？」

耶里道：「我當然知道，我在知道了他的死訊之後，反倒鬆了一口氣，因

為這樣怪誕的事，不會再有旁人知道了。我不知道他為什麼死，我也注意到較

早時那個大廈管理員的死亡，我相信，那管理員武夫，一定曾向一郎作不斷的

勒索，所以被一郎殺死的。」

耶里已有一段很長的時期沒有再見板垣一郎，所以一郎在那天晚上，經過

和雲子幽會的地點，看到有燈光透出來，他感到奇怪。

他感到奇怪，還是感到恐懼？

如果他已經看到過自己的話，他應該恐懼，他會知道另一個自己，正在作

他所不能測的行動。

如果他沒有見過他自己，他就只會懷疑，懷疑雲子有背棄他的行為。

我又問耶里：「那⋯⋯怪東西一直在那房間中，沒有取下來？」

耶里道：「沒有。」

我苦笑了一下：「當然沒有，我多此一問了，雲子的副本叫健一到那房間

去，健一也在那房間中看到他自己，看到了他自己潛在意識中真正想的是什

186

麼，他就照自己想的去做了，他找到了自己，他也勸我快去找到自己。再說說你看到了白色眼鏡猴之後的事！」

耶里沉默了半晌，才繼續說下去。

耶里在見到了白色眼鏡猴之後，想到了靈異猴神，自然而然想到了三個願望。白色眼鏡猴是猴神派出來的使者，要見猴神，一定要先將白色眼鏡猴弄上手。

自那晚起，耶里一直在暗中監視着我和健一，但是一直未曾動手。

在跟蹤了我們幾天之後，耶里回了一次印度，和幾個專家見過面，知道如何才可以誘捕那隻白色眼鏡猴，他帶着那樹葉編織成的笛子，再回到日本來，成功地將白色眼鏡猴拐走。

耶里記得光義的筆記，也知道有了白色眼鏡猴之後，可以由白色眼鏡猴帶領，去見靈異猴神，但是他卻要更多的有關猴神的資料，所以他委託了一個專家替他搜集，而就在那個專家處，他遇見了我。

耶里遇到了我之後的事，不用再複述了，他到酒店來見我，我們兩人，由

充滿敵意，而變成了有共同的假設。健一不知所終，雲子瘋了，光義和一郎死

了，和這件怪誕的事有關的，只有他和我兩個人，我們非合作不可。

耶里講完了他的經歷之後，望定了我。

我來回踱着步：「你在敘述你的經歷之前，曾說你將一切講給我聽，但是

我要答應你一個要求，是不是？」

耶里道：「是。」

我問：「你的要求是什麼？」

耶里道：「我要求你和我一起去見猴神！」

我已經多少有點料到耶里的要求是什麼，所以他說了出來，我也不覺得奇

怪。我道：「根據光義的筆記，他在廢宮出發，先在密林中見到了白色眼鏡

猴，才由牠帶領着，見到猴神的。」

耶里道：「我們可以和他用同一路線前進，我們比他有利的是，不必先去

找白色眼鏡猴，那頭小眼鏡猴，我已經成功帶到印度，而且在小心飼養着。」

我「嗯」地一聲：「那樣，就簡單得多。」

耶里搓着手，道：「如果我沒遇到你，我一個人也準備出發，所以應用的東西也準備得很充足，條件比光義好得多了」

我作了一個手勢，道：「你不必多說，在知道了這許多怪異的事情之後，就算你不請我去，我自己也要去看看這位靈異猴神。不過——」我略為猶豫了一下，才又道：「不過在已經發生的事情之中，還有相當多疑問，我們是不是有必要先設法澄清一下？」

耶里道：「你是指——」

我想了一想：「譬如說，那怪東西，有力量可以製造出一個人的副本來——」

「副本」這個名詞可能不是很合適，但只好用它——這個副本，好像有神出鬼沒的本領，隨時都可以出現，也隨時可以消失。」

耶里皺着眉，沒有出聲。

我進一步道：「我看到我自己，只不過是在臨窗的那堵牆，被鑽穿了一個洞後的一剎那，隨即，就消失了！」

耶里點頭，我又道：「還有，在瘋人院中，健一進病房去的時候，看到了兩個雲子，其中之一是她的副本，但當健一離去，奈可又進病房時，病房中又只有一個雲子了，副本又消失了，還有鐵輪——」

耶里打斷了我的話頭：「你不必再舉例子了，我承認副本的確有點神出鬼沒，好像是鉛筆寫的字一樣，可以輕而易舉地擦去，為什麼會這樣，我們不知道，我看也無法知道。」

我道：「或許，我們回日本去，將那『怪東西』取下來，詳細研究一下——」

耶里大搖其頭：「我不想再到日本。」

我做了一個無可奈何的手勢：「有些疑點，倒可以解釋，例如那房間的門，自內反拴着，這自然是一個副本做的事。可是我不明白的是，板垣一郎交給雲子的那柄槍，可以扳一下槍機就射殺兩個人，這種槍械，不是民間普通人

所能有的，他從哪裏弄來？」

耶里道：「我相信將槍交給雲子，吩咐雲子副本去殺人的是一郎的副本，而接過了那柄槍的，也是雲子副本，而在雲子快要行事之際，去見雲子的，是我的副本。」我苦笑了一下，這其中的關係，十分複雜，連要再解釋一遍都十分困難，只有從頭至尾一直看下來的人，才會明白其中的關係。

耶里在停了一停之後，又道：「副本不但有突然消失的本領，而且，似乎還另有能力。例如板垣一郎有了那柄古怪的槍。而我的副本，竟然知道一個身分極其神祕的職業殺手的秘密，可以指點雲子的副本去找他！」

我盯着耶里，一字一頓地道：「你自己一點都不知道鐵輪這個人？」

耶里苦笑道：「我從來也未曾聽到過這個名字！」

我苦笑了一下：「我們還要注意一點，副本來去自如，可以在各種場合出現，而且，最可怕的是，副本會殺人，所殺的人包括和他一模一樣的——」我講到這裏，有一種不寒而慄的感覺，無法再向下講去，耶里的面色也變了一變。

光義就是被他副本殺死的！而光義同時也殺死了他的副本！所以在光義死的時候有兩具一模一樣的屍體！這實在是無法不令人感到害怕的事：一個和你一模一樣的人，可是性格恰好相反，這個人是你的複製品，然而你對他卻一點也不了解，不知道他會在什麼時候出現，而他總是和你相反，他是你性格另一面的表面化，你和他在外表上雖然一模一樣，但是在思想上卻是死對頭！這樣的一個死對頭，給你的威脅，可想而知！

耶里呆了半晌，才道：「我們只好暫且不想這個問題，假定我……我們的副本，都不會出現！」

我也呆了半晌：「只好這樣。」

我在這樣講了之後，又頓了一頓，忍不住又以十分苦澀的聲音道：「人最大的敵人，就是自己！」

耶里的口唇掀動着，發出了一點沒有意義的聲音來。接下來，便是長時間的沉默，耶里才道：「是的，這是人類性格雙重所造成的悲劇，沒有外來的敵

人，敵人就是自己，就是——」

耶里說到這裏，搖着頭，再也說不下去。我長長地吸了一口氣：「這個問題不必再討論下去了，別說是我們，就算是兩個聖人，只怕也討論不出結果來。」

我望着耶里，心中想的並不是如何和他一起啟程去見靈異猴神，我又道：「耶里，照已經發生的情形看來，副本的活動，原來的人是不知道！」

耶里瞪着我，我作着手勢，進一步解釋道：「例如，雲子副本的行動，雲子一無所知；一郎副本的行動，一郎本身，也一無所知！」

耶里的面肉抽動了幾下：「看來是這樣。你和我，也都有副本，但是他們現在幹什麼？誰知道他們現在在幹什麼？」

我聽到這裏，不禁打了一個寒噤，他們在幹什麼？我們一無所知？

我定了定神，道：「我想弄明白的是，我們在幹什麼，『他們』是不是知道？」

耶里呆了一呆，我的問題，堪稱古怪，難怪他要發怔。他在呆了一呆之後：「那我怎麼知道？得問『他們』才行！」

我苦笑了一下：「看來，由那堆怪東西複製出來的副本，比我們本身要神通廣大，但願他們不至於神通廣大到了可以知道我們的一切！」

耶里皺着眉：「那有什麼關係？」

我揮了揮手：「當然有關係，耶里，別忘了，『他們』是我們最大的敵人！」

耶里沒有說什麼，我也不再說什麼。

關於「副本」的問題，我和耶里之間，只好討論到這裏為止，無法再進一步討論下去了，因為我們對「他們」，一無所知，只知道有「他們」的存在。

「他們」的存在，是由那堆「怪東西」的神奇力量複製出來，而那堆「怪東西」屬於靈異猴神所有，是板垣光義向靈異猴神要來的。

要徹底解決問題，當然只有去見靈異猴神！

耶里在回到了印度之後，就一直在進行準備工作。他富有，準備工作也進

行得相當完善，雖然我的加入不在他的計劃之內，但是，他所準備的一切，足

夠一個探險隊使用，所以物質上，一切皆不成問題。

我們又商討了一些細節，決定第二天一早動身，先到他的那座「皇宮」，

再循着板垣光義走過的路，進入森林，去找尋靈異猴神。

我和耶里利用了一架小型直升機，第一站向南飛，中途停了幾次，當天晚

上，就到達了耶里王朝早年的宮殿。

當直升機降落在宮殿前面的空地之際，眼前的景象，令得我的心中起了一

種極度的震懾。

那是一座極其宏障的宮殿。毫無疑問，這座宮殿曾經在陽光之下發出過極

其燦爛的光芒，象徵一個王朝的極盛時期。

但是這時，呈現在我眼前的那座宮殿，卻使人感到莫名的傷感。

宮殿的扁球形尖頂部分，完全倒塌，那情景就像是絕世美人被人砍去了半

邊頭顱，而剩下的半邊頭顱也化成了白骨。尤其當天色傍晚，夕陽如血，染在那種殘破的頹垣敗瓦之上，更給人一種血淋淋的感覺，使人看了一眼，就不想再看下去。

宮殿面前的空地相當大，估計有四百公尺見方，全是用大石板鋪出來的。可以想像，當年，披滿錦繡的大象，載着威武的士兵和儀態萬千、珠光寶氣的皇朝人員，在這裏昂然而過。但如今，除了盤踞的野草和野藤之外，什麼也看不到。

一種貼地而生，像是可以無窮無盡蔓延的野藤的根部，不但將石級一塊一塊掀起來，而且強而有力的藤，在生長的過程中，甚至還將拱起的石級絞得破碎。

我下了直升機，野草比我還高，我要撥開面前的野草，才能看到前面的景象。

耶里也下了機，聲音有點苦澀：「看，這就是我的宮殿。」他略頓了一頓，才又道：「今晚，你喜歡住宿在宮殿的貴賓房裏，還是在外面搭營帳？」

我也苦笑了一下，我早已在耶里的口中，約略知道他的宮殿已經不復有往

年的光輝，但是我卻也想不到，竟然會破落到這種程度！

耶里說到這裏，陡地停了下來，因為在他手指的方向，已根本沒有什麼牆頭，只是一大堆石，和自石上冒起來的無數野藤，在暮色四合中看來，就像是一個有着許多觸鬚的怪物。

耶里向我苦笑了一下。我可以明白他那種沒落王孫的悲哀心情，不過我並不同情他的那種傷感。我向前走去：「光義曾經來過，他幾乎曾到過宮殿的每一間房間，也曾找到了幾百年前那位王子的記錄，看來宮殿的內部，並不像外觀那樣可怕。」

耶里沒有說什麼，只是跟在我的後面。光義曾將他的行動全記錄下來，我和耶里全看過光義的日記。光義對於在宮殿之中找到王子記錄的經過，寫得並不是很詳細，但是是在什麼地方找到的，倒有着記載。而且，光義既然來過，就算宮殿之中已被熱帶植物盤踞，他當日曾開出一條路來，我們再要進入宮殿，自然不是太難的事。

當時，我的確是這樣想的。一直到事後，很多日子之後，我和一位植物學家談起來，那位植物學家哈哈大笑：「你對熱帶植物的生長速度，顯然一點概念也沒有！你是隔了多久才去的？」

我答道：「大約三年。」

植物學家又大笑：「在濕濡、溫暖的空氣之中，熱帶野藤，二十四小時之內，可以生長六十公分，四十八小時之內就可以開岔，三年，老天，只要三天，就算有人曾開出一條路來，也早就不見了！」

事實是不是和那位植物學家所說的那樣，不得而知。我走向宮殿的門口，看到宮殿的兩扇大門，根本已不存在，一個相當大的洞口，看進去，全是縱橫交錯的野藤，絕找不到光義走進去的通道在何處。

耶里較我遲一步到達，因為他要回到直升機中去，去取一些必要的裝備。

當他也來到門口，看到我像是傻瓜一樣地站在門口之際，他遞了一隻電筒、一隻頭罩和一柄利斧給我：「請進去。」

我接過了他交給我的東西，戴上了如同練劍術時所用的頭盔，着亮電筒，揮動利斧，砍着比手臂還粗的野藤，向前進發。

事情比我想像中的較容易，一進了大廳，野藤全都向上長，在門口的野藤十分多，大抵是那裏光線比較充裕。一進了大廳，野藤全都向上長，在廳中的全是一條條直向上的藤幹，其中的間隙，可以容人通過。我們穿過了大廳，來到了大廳後的一個穿堂，耶里停了下來：「整個空宮殿全是這樣，天色再黑下來，毒蛇出沒，防不勝防，在這裏多逗留，實在沒有什麼意義，我們不如——」

他沒有說下去，我自然明白他的意思。事實上，在這樣的宮殿中逗留，真的沒有多大的意思。光義已經來過，他找到了王子的記錄，王子的記錄我們也看過。重要的是要能見到靈異猴神。

我同意了耶里的建議，我們又循原路退了出來，在直升機旁，清除野草，弄出了一小片空地，為了安全，當晚我們在直升機內過夜。

這一夜，並沒有什麼特別值得記述之處，只是睡到了午夜，那頭白色小眼

鏡猴，突然發出了一陣一陣聽來十分怪異的叫聲。

那隻白色小眼鏡猴，被耶里帶回印度之後，耶里一直託人飼養，被委託者是一個印度南部的土人。我不敢說這個土人對猴子的認識比不上健一，不過當我看到那頭白色的小眼鏡猴之際，我感到在牠的雙眼之中，有一種異乎尋常的憂鬱。

在一隻猴子的眼睛之中找到憂鬱的神采，這聽來似乎十分滑稽，但是我的確有這樣的感覺。我不知道那白色小眼鏡猴是不是在懷念健一，但牠既然是聽到了笛音之後捨棄了健一的，似乎又不該這樣。這永遠不會有答案，因為我無法和那頭白色小眼鏡猴交談。

當我們動身之際，耶里將白色小眼鏡猴關在一隻相當大的鐵絲籠中，眼鏡猴在籠中，一直蜷伏着，很少活動。我們臨睡之前，還曾餵過牠一次，當時，我逗引牠，牠也像是一點提不起興趣來，並不理睬我。而當我正在沉睡之前，牠忽然發出了一陣又一陣的叫聲！

猴子而能發出這樣的叫聲，很出乎我的意料之外。就我所知，只有東非洲有一種「吼猴」，會發出極其宏亮的吼叫聲，吼聲可以遠達幾公里之外。

但是眼鏡猴也會發出這樣帶極長的怪叫聲，我卻前所未知。

我和耶里，都被猴叫聲驚醒，一起坐直身子，而且立即向鐵絲籠看去。我們看到那白色小眼鏡猴，在籠中跳來跳去，顯得極其不安，而且不斷在發出那種古怪的叫聲，聽來像是一個小女孩在受了驚嚇後的尖叫聲。

我和耶里互望了一眼，都知道有點不尋常的事發生，我們一起來到鐵籠附近，努力想使那白色小眼鏡猴鎮定下來，可是小眼鏡猴的動作，和牠發出的聲音，卻像是愈來愈驚恐。牠不斷向籠邊撞着，撞得鐵絲籠發出聲響，叫聲也愈來愈尖厲。

就在我和耶里兩人不知如何才好之際，一下槍聲，陡地傳來。

第十九部

廢宮外空地上的大會合

宮殿外的空地，在深夜中極其寂靜，小眼鏡猴的叫聲，聽來已是極其刺耳，而那一下槍聲，聽來更是驚心動魄，不過，比起那下槍聲，所引來的後果，槍聲又不算是什麼了。槍聲一停，直升機的機身，陡地震動了一下。我多年來冒險生活的經驗，在這時起了作用，立時大叫一聲：「快跳出去！」

我實在不知發生了什麼，但是先是槍聲，繼而是機身的震動。

我在十分之一秒間，就感到要有大禍臨頭：我們受到了襲擊！而要襲擊一架直升機，最好的目標，自然是射穿油箱，而一顆子彈如果射穿了油箱，結果如何，哪還用再想下去麼？

我一面叫，一面陡地推着那隻鐵籠，連人帶籠，一起向下面跳去，機身離地大約有兩公尺，我和鐵籠一起落地，一面打着滾，一面踢着鐵籠，才滾出了三四公尺，我看到耶里也跳了下來。

耶里的動作反應，也算是十分快，可是還是慢了一步。接下來發生的事，就像是電影中的慢鏡頭一樣，而且奇怪的是，在起初的一刹那間，我根本連一

204

點聲音也聽不到，只看到耀目的火光，陡然升起，整架直升機，幾乎在不到一秒鐘的時間之內，便被火海包圍。耶里已經向外跳下來了，可是火舌向外擴展的速度實在太快，一下子就將他的身子整個捲住。

我在這時，反應再快，想要跳起來去幫助他，也來不及了。

直到這時，我才聽到了聲音，我聽到的是耶里所發出的一下慘叫聲，而耶里的慘叫聲，立時又被一下極其震耳的爆炸聲所淹沒，爆炸所帶起的氣浪和震盪力，令得我的身子，迅速地向後彈出去。不單是我，那隻鐵籠，也在迅速向後彈去，撞在我的身上，一直到彈出十多公尺，我才看到在火光之中，許多灼熱的、曳起亮光的金屬片，四下飛濺，像是一種特異的煙花。

再接下來，一切又重歸寂靜，直升機不見了，草在燃燒。我已顧不得去想其他，只是顧及耶里的安危，我大叫一聲，跳起來，向前奔去，跳過了幾處着火的草叢，來到了原來停直升機的地方。

直升機殘留下來的碎片，散落着，扭曲着，在那些奇形怪狀的碎金屬片之

中，我看到了耶里。

耶里這時，其實已不再是耶里，只不過是一截略具人形的黑色物體。

我陡地停下來，吞嚥着口水，耳際轟轟作響。這一切，實在來得太突然了。

耶里死了。

我一生之中不知遭遇過多少意外，但是像這次這樣的意外，卻還是第一遭，那實實在在是無論如何都料不到的事。

一時之間，我實在不知該如何是好。只是呆望着燒焦了的耶里的屍體，直到在我的身後，突然響起了「卡」的一聲，我才陡地震了一震。

那一下聲響，可以是千百種情形之下發出來的，但是在如今的情形下，我卻幾乎立即就可以肯定，那是一下移動槍栓的聲音。

我陡地一震之後，立時想轉過身子來，但是我只是略動了一動，就聽得身後傳來了一個女人的聲音：「不要動，請不要動！」

那女人的聲音，我不算陌生，但是，也絕不是熟到一聽就可以想起她是

誰，只不過在這樣的情形之下，還要加上一個「請」字的，這種過份優雅的語法，卻使我立時想起了一個人來。

剎那之間，我心中的驚訝，真是到了頂點！

在暗中襲擊直升機的人是誰，我可以設想出七八十個人來，可是絕想不到會是她！

而就在「請不要動」這句話之後，我感到，槍口已經抵住了我的背部。我雙手向上略舉，表示無意反抗，同時，盡量使自己的聲音聽來鎮定：「板垣夫人，真想不到我們會在這樣的情形下再見！」

出身於望族，一切生活習慣全是那樣優雅，那樣合乎大家風範，甚至在持槍指住人之際，也要說「請不要動」，那使我立時知道，在我身後的人，是板垣一郎的妻子——貞弓！

我真是難以想像，穿着整齊的和服，一舉一動，全是那麼合乎規矩的貞弓，會在這樣荒涼的地方出現，而且手中還持着槍！

但是不可想像的事，還在繼續發生，在我的身後，突然傳來了一陣快意的笑聲，接着又是貞弓的聲音：「你死了！這次，你終於死了！」

在她講那幾句話之際，任何人都可以聽得出那種咬牙切齒的語音之中，充滿了仇恨！這更使我大惑不解，雖然我已知因為她的突襲，已經導致了一個人的死亡，在我身後用槍指住我的，已不再是一個出身於日本望族的女人，而是一個兇手！但是我仍然忍不住問道：「請問，你和耶里王子有什麼深仇大恨？」

我身後傳來的聲音相當憤怒：「耶里王子？誰是耶里王子？」

我陡地一呆，剎那之間，簡直不知怎麼才好，直到我又聽到了貞弓的聲音，她仍然是咬牙切齒地在道：「你以為我不知道？你以為我真的一點也不知道？」

一聽得貞弓這樣說，我不禁「啊」地一聲，失聲道：「夫人，你殺錯人了！」

貞弓在我身後，陡地叫了起來：「不會錯！我不知道他在鬧什麼把戲，但是我要他死，我要他真的死，現在，他真的死了！」

我嘆了一聲，手向下略垂，指向前面：「這具屍體雖然已不易辨認，但只要你肯走近去仔細看一下，你就可以發現他不是你要殺的人。我相信你想殺你的丈夫，板垣一郎，但是這個死在火中的人是一個印度人，一個名叫耶里的印度人！」

我聽到在我身後，傳來了一下驚愕的聲音，我將雙手放在頭上：「你只管去看，我不會有任何行動！」

當晚的月色很好，我看到地上，我身後的影子開始移動，接著，我看到了貞弓，她走向燒焦了的屍體，手中持着一柄來福槍。

這時候，我可以輕而易舉地將貞弓手中的槍奪下來，但是我卻並沒有這樣做。我在那時，只想到貞弓在發現被燒死的人不是板垣一郎之際，她一定會十分難過，不再繼續對我不利。

我已經提及過，自從被小眼鏡猴的怪叫聲吵醒之後，所發生的一切，實在太突然了，突然到了我根本無法有條理地去思索一切問題。例如這時，就有一個極大的疑問，可是我當時卻沒有想到。

自然，我事後想到了，可是當時想到和事後想到，那就有極大的差別。

這個疑問是：貞弓明明知道板垣一郎，死在不明原因的狙擊之下，何以她還會萬里迢迢，來到印度，要殺死板垣一郎？

當時，我沒有想到這個問題，所以也沒有採取任何行動。貞弓來到了死屍之前，怔了一怔，接着，她俯身下去，就着月光，仔細察看。

在那一剎那，我倒真佩服她，面對着一具如此可怕的屍體，竟然如此鎮定。

緊接着，貞弓的身子陡地震動了一下，接連向後退出了好幾步，抬頭向我望來。她的面肉在不由自主抽搐着，面色蒼白得可怕，雙手也在不由自主地發着抖。

在我還未曾發出任何聲音之前，她已經陡地拋開了手中的來福槍，雙手掩

着臉，身子蹲了下來，發出一連串抽噎的聲音。

我的心情十分苦澀，耶里死得實在太冤枉！而如果不是小眼鏡猴忽然發出了怪叫聲，我也難逃大限，貞弓的行為，顯然不值得同情，可是這時，看她全身顫抖，自喉間發出可怕的呻吟聲的那種情形，顯然在她心中，也對自己行為感到自責。

我嘆了一聲，向她走近：「你──」

我只講了一個字，貞弓便陡地抬起頭來，在她臉上有一種極其兇惡的神情，這種神情，令我嚇了一大跳。她一抬起頭來之後，就尖聲道：「他以為我不知道，一點也不知道！其實，我早已知道了！」

丈夫有了外遇，細心的妻子，很容易知道。板垣每次和雲子約會，雖然都有很合理的藉口，而且安排得也天衣無縫，可是做了多年夫妻，貞弓自然可以在丈夫的神態之中，覺察出一切和以前不同。

丈夫對她的身體，已不再有興趣。有時，當她故意在丈夫面前裸體之際，

可以感到板垣的目光在避開她的身體。

當一個妻子發覺自己的身體再不能吸引丈夫的目光之際，她如果再不知道發生了什麼事，那麼這個妻子可能不是女人！

貞弓知道板垣有了外遇，是板垣和雲子來往了超過半年之後的事，事情能拖這麼久，自然由於板垣遮掩得好，一半，也由於貞弓自信太甚，認為板垣的事業，全是依靠她娘家的良好社會關係，才能建立起來，未曾想到板垣會背叛自己。

然而，她終於覺察了，疑點一點一點積聚，當愈積愈多疑點之後，她就去請教一個私家偵探，於是，在兩星期後，板垣一郎的一切行徑，貞弓全都知道得清清楚楚。

不過，貞弓在知道了一切之後，一點也沒有作任何表示。她的出身，她家庭的社會地位，都使她知道，如果她的婚姻起了變化，那是一件醜聞，將使她難以見人，所以只好隱忍着。

212

曾經有好幾晚，當板垣一郎鼾聲大作之際，貞弓翻來覆去睡不着，她不知想過多少辦法，但是似乎沒有一個辦法是可行的，看來除了隱忍丈夫的外遇之外，她拿不出任何別的辦法來。

一直到有一天下午，事情才起了變化。

那天下午，貞弓正在整理客廳茶几上插着的花朵，她剛在考慮，是不是要將其中一朵半開的玫瑰，換上一朵盛開的，她聽到了門鈴響。

當她抬起頭來之後不久，女僕走進來：「太太，外面有一位小姐，自稱叫大良雲子，說有重要的事，要和太太談一談！」

貞弓當時，要運用自幼培養出來的自制力，才能夠站得穩身子。

自從知道了板垣一郎的一切行徑之後，她自然知道板垣一郎的情婦是什麼人，而如今，丈夫的情婦，竟然找上門來了！

貞弓緩了一口氣，才道：「請……這位小姐進來！」

女僕答應着，走了出去，不一會，雲子走了進來。貞弓早在私家偵探拍到

的照片上，看到過雲子的樣子。這時她的心中雖然驚怒交集，可是在外表上看來，還是那樣雍容優雅。她作了一個手勢：「請坐，雲子小姐。」

雲子坐了下來，貞弓揮手令女僕出去，雲子立時道：「板垣太太，你可能不知道我是什麼人。」

貞弓對自己的鎮定，也表示驚詫，她道：「不，我知道，你是他的情婦！」

雲子震動了一下，低下頭，像是一時之間，不知如何開口才好，貞弓來回踱了幾步：「你來見我，為了什麼？」

雲子重又抬起頭來：「他要殺死你，也要殺死我！」

當貞弓在拋開了來福槍，雙手掩着面蹲下來，我走近她，她又抬起頭來之後，從「他以為我不知道，其實我早已知道了」開始，不等我向她提出任何問題，她就一直不停地在說着，說着她自己的事。

我聽到她講到這裏，心中「啊」地一聲，盤算着雲子和貞弓見面的時日。

那應該是耶里見了雲子之後的事，或者説，是耶里副本，見了雲子副本之後的事，去見貞弓的，當然也是雲子副本。

只是不知道那時，雲子副本是不是已經見過鐵輪？

我在想着，貞弓繼續説着發生過的事。

貞弓震動了一下，雲子不等她有任何表示，就打開手袋，取出了一柄槍來，放在面前的几上：「這是他給我的，他叫我來殺你，可是這柄槍，能同時反向射出兩顆子彈，如果我開槍殺你，我自己也將死在槍下！」

貞弓的身子發着抖，雙眼盯在槍上。她從來也沒有看過這樣可怕的東西，也沒有想到過會有這樣可怕的事情發生。

過了好半晌，她才從乾澀的喉嚨中發出聲音來：「你！你——準備怎麼樣？」

雲子的聲音極鎮定：「我已經請了一個職業槍手，殺死他！」

貞弓的雙眼睜得極大，她的氣息急促起來，叫道：「等一等！等一等！

他——他是我的丈夫，他——」

雲子的聲音聽來很無情，而且有點咄咄逼人：「他是你的丈夫，你心裏難

道不恨他？他有情婦，又想殺你，你沒有恨過他？沒有起過想他死的念頭？」

貞弓的神情一片惘然，在她不知如何說才好之際，雲子嘆了一聲：「你完

全不了解你自己，讓我帶你到一個地方去看看你自己，你就會明白了！」

貞弓講到這裏，我不由自主發出了一下呻吟聲。

雲子要帶貞弓去「看她自己」！

我吸了一口氣，望着貞弓。在以前的相遇中，貞弓總是穿着傳統的日本和

服，這時，她穿着獵裝，神情有一種極度的憤恨，那不是貞弓，我突然想到，

在我面前的，是貞弓的副本！

216

我一想到這一點，又不由自主發出另一下呻吟聲。

雲子帶着貞弓到了那間房間中，在離開那間房間的時候，貞弓不住抽搐着，一直回到家中，她家的幾個傭人，着實大吃了一驚。

貞弓將自己關在臥室中，沒有人知道她在幹什麼。一直到午夜，幾個僕人都被一陣爭吵聲所驚醒，互相聚在一起，吃驚得說不出話來，因為他們聽到了主人十分嚴厲的聲音，優雅的貞弓，一直是僕人們最欽佩的人物。

在眾僕的印象之中，她從來也不會發出這樣粗魯的聲音，但這時，貞弓卻在大聲呼叱。

貞弓在叱喝什麼人？

她究竟是在叱喝什麼人呢？僕人全然不知，也沒有人敢在事後問她。

貞弓的聲音乾澀，道：「當天晚上，我大聲叱責，在罵一郎！」

我震動了一下……「一郎不是……死了？」

貞弓望了我半晌：「我以為你知道的！」

我苦笑了一下，我應該知道的，但是心緒十分亂，我一時想不到。我說道：「是……一郎的……副本？」

貞弓突然笑了起來，她的笑聲十分可怕，聽了有令人不寒而慄的感覺，我不由自主，後退了一步。貞弓又盯定了我，在她的雙眼之中，有種怪異的光芒，我不知道她的心裏在想些什麼，但是一個心理正常的人，無論如何不會現出這樣的目光。

我緩緩吸了一口氣，剛想開口，貞弓的笑聲聽來愈來愈尖厲，而就在她的笑聲尖厲到了令人幾乎無法忍受之際，她止住了笑聲，冷冷地道：「他殺了我，你知道不，他殺了我！」

貞弓將「他殺了我」這句話，重複了兩遍，我才算聽得明白。

我的全身，更加感到一股極度的涼意。事情愈來愈複雜了！

貞弓說「他殺了我」是什麼意思？如果將這句簡單話中的代名詞拿掉，替

218

以專有名詞，那應該是「板垣一郎殺死了貞弓」。也不對，更正確的，應該是「板垣一郎的副本，殺死了貞弓」！

貞弓已經死了，那麼，如今在我面前的這個女人，她當然是貞弓的副本！

我思緒十分紊亂，只好怔怔地問道：「那……是什麼時候發生的事？」

貞弓又碟碟笑了起來，道：「前幾天，我親眼看到他動手！他將我帶到臨海的一個懸崖上，用力一推，將我推了下去，我看到我跌下去的時候，雙手無力地亂抓，像是空氣中有什麼東西可以供我抓住，我竟然沒有發出尖叫聲，大抵是由於從小所受教育，教導我不論在什麼情形下，都不可以發出有失教養的尖叫聲的緣故吧！哈哈！哈哈！」她一面說，一面還在不斷笑着，但是我卻實在笑不出來，只是不斷地在喉際，發出了一陣陣類似抽噎的聲音。

貞弓又道：「我的屍體可能還未被發現，就算被發現了，人家一定也以為我是忍受不了喪夫之痛而自殺！哈哈！原來他一直想殺我！他利用他的情婦來殺我，結果卻被他的情婦買通了一個職業殺手將他殺了！哈哈，真有趣，現

在，大家可以將大家的心意看得清清楚楚，太有趣了！哈哈！」

貞弓覺得「有趣」，我卻並不覺得。我只覺得就是如貞弓所說，「大家都知道了大家的心意」，這種心意上赤裸裸相對的情形，太可怕了。

貞弓繼續道：「我在一旁看他行兇，他不知道，他在行兇之後，甚至大笑，我知道他要到印度來，所以我追了來，我以為他和你在一起，所以我——」

貞弓講到這裏，停了下來，沒有再向下説。

事實上，她不必説，我也知道了，他以為板垣一郎在那直升機上，所以她開槍。而開槍的結果，是令得耶里身亡！

我慢慢挺直身子，偏過頭去，不願再正視她。而就在這時，貞弓突然以極其矯捷的步法，一步跨過，又取起了來福槍來。槍口指着我，惡狠狠地道：

「從現在起，你要聽我的指揮，我要你帶我去見靈異猴神！」

我心中感到一股莫名的厭惡，這種厭惡，使我產生了一種困倦的感覺，我冷冷地説道：「對不起，我無法帶路。帶路，是白色小眼鏡猴的事，我恐怕牠

已經在爆炸中喪生了！」

貞弓震動了一下，立時向那隻鐵籠望了去。我也跟着看去。一看之下，我只好嘆了一口氣。

那隻白色小眼鏡猴，如果真是我一躍而下之際，將鐵籠也帶了下來，一定炸死了。要是牠死了的話，那倒真是天下太平，不會再有以後的事發生。

可是，我卻將鐵籠帶着，一起跳了出來，而且，推着鐵籠一起向前滾出了相當遠。這時，當我向着鐵籠看去之際，看到那白色小眼鏡猴的前爪，抓着鐵枝，眼珠轉動，正望着我們。

貞弓「哈哈」一笑：「看，牠沒有死！」

我的聲音仍然十分疲倦：「牠沒有死，那最好不過，你可以命令牠帶路！」

貞弓現出一種兇狠而又狡猾的神情來：「你以為我是傻瓜？你帶着牠，一定知道如何指揮牠，你帶路！」

她一面說，一面將手中的來福槍，向前伸了一伸，扳在槍機上的手指，也緊了一緊。我對她會開槍殺人這一點，毫不懷疑，但是我也不想和她一起去見靈異猴神，在發生了一連串的事件之後，我甚至不想去見什麼靈異猴神！

所以，在剎那之間，我想到了一個對付貞弓的辦法。我道：「好，要牠帶路，當然不能將牠關在籠裏，將牠放出來，我可以命令牠帶路！」

我之所以要這樣做，是因為我想到，如果將鐵籠打開的話，白色小眼鏡猴有極大的可能，立時逃走，而貞弓也絕對沒有辦法在曠野中將一頭猴子捉回來。

只要白色小眼鏡猴不見了，貞弓當然也不能再脅逼我！我的提議，聽來相當合理，要白色小眼鏡猴帶路，當然不能將牠關在籠子裏，是不是？

貞弓向鐵籠望了一會，她注意到鐵籠是鎖着的，她猶豫了一下：「你別玩什麼花樣。」

我攤開手：「你覺得我的提議不合理？」

貞弓神情兇惡地瞪着我，在又呆了半晌之後：「好，你將鎖打開，放牠出

222

來。」

我取出鑰匙，然後慢慢走向鐵籠，打開了鎖，伸手進去，小白色眼鏡猴立時攀上了我的手臂，我縮回手來，手臂向上略揮了一揮，眼鏡猴的身子，立時彈跳了起來，像一支箭一樣，向前射出去。

貞弓一看到這種情形，發出了一下尖叫聲，和高聲罵了一句，像奈可這樣的人都不會在人前罵出來、怕罵出來之後有損自己身分的粗言。

我真怕就在這一刹那間，貞弓會向我開槍射擊；我已經迅速地伏了下來。

而就在這時，我陡地看到，在一叢灌木之後，一條人影疾撲了出來！

那個撲出來的人，身法雖然沒有眼鏡猴向前的去勢快，但是也夠矯捷的了，他正撲向眼鏡猴，兩下來勢都很快，我只看到那人的身形一凝，眼鏡猴已摟住了他的頸，貼在他的身上。

而就在這一刹那間，我看清楚了那個人是誰。

健一！

在這裏遇到了貞弓，已是意外，忽然健一又出現，那更是意外中的意外，我想叫他，可是張大了口，卻一點聲音也發不出來。

健一的動作十分快，他一手摟住了白色小眼鏡猴，一手已取出了一柄槍，指住了貞弓。貞弓手中的槍，槍口對準了我，當她看到健一，想轉移目標時，已經來不及了，健一正在她的身後，已經喝道：「你只要一動，我就開槍！」

貞弓的面肉抽搐着，身形僵凝。

健一得意洋洋，向前走近了兩步，向我望來，看樣子，他正要開口對我講話，但就在這時，在他的身後，又響起了另一個女人的聲音：「你也是一樣，健一先生，如果你動一動，我就會殺死你！」

健一的身子陡地震動了一下，他看不到自己背後的是什麼人，但那種冰冷嚴厲的語氣，卻使他相信了發自背後的那個警告，不是説着玩的。所以他在震動了一下之後，也僵立不動。

健一看不見在他背後的是什麼人，我面對着健一，我可以看到那個女人，

在月色下看來，尖削的臉，蒼白而美麗，纖細的身形，那是雲子。

我開始覺得昏眩，可是那還是開始，接下來的事，更令我幾乎站不穩。

貞弓控制了我，健一控制了貞弓，雲子控制了健一。雲子向前走了一步，只不過才走了一步，在她身後的草叢中，一個人直身而起，手中握着一柄巨大的軍用手槍，冷冷地道：「雲子，好久不見了。」

雲子陡然站定，月光之下可以清楚看到她面上的肌肉簌簌地發着抖。

不但是雲子，只怕每一個人都是一樣，連我在內。因為我實在無法控制自己的震動。

在雲子背後出現的，是板垣一郎！

我沒有見過板垣一郎，只見過他的屍體，但這時，我立時可以認出，在她身後的那個中年男子，頭髮微禿，肚子凸起，看來是一個標準的成功型商人，就是板垣一郎。

好了，板垣一郎又控制了雲子。

我在極度的震動之中，忽然笑了起來：「好啊，人全都到齊了！」

我這樣說，絕對在事先沒有期待着會有任何回答，只不過是對目前的情形的一種無可奈何的調侃而已。可是，我的話才一説完，附近一株樹上，立時有人接口道：「不應該少了我吧？」

我立時循聲望去，沒有看到人，只看到在那株樹上，濃密的樹葉之中，有一柄來福槍伸出來，槍口向下，對準了板垣一郎的背心。

那自樹葉中伸出來的槍口，極其穩定，穩定得如鑲嵌在樹身上一樣。

同時，樹葉之後，又再度傳來了那男子如同嘲弄也似的口吻：「我曾經射殺過你一次，板垣先生，你不會懷疑我的槍法吧？」

我閉上了眼睛一會。

那個躲在樹上的男子是鐵輪！一定是他！我再睜開眼來，向雲子看去，看到雲子的神色，極其可怕。

鐵輪又控制了板垣一郎。

我實在忍不住一個莫名其妙的衝動，我大叫起來，叫道：「耶里，你在不在？如果你在的話，也一起出來吧！」

所知，有「副本」的人，一共有七個：板垣光義、板垣一郎、雲子、貞弓、鐵輪、耶里、健一。

板垣光義死了，原身連副本一起死的。

板垣一郎的原身死了，副本還在。

雲子的原身瘋了，副本還在。

貞弓的原身被推下了海，死了，副本還在。

鐵輪的原身死在亂槍之下，副本還在。

健一的原身不知所終，「到他應該去的地方去了」，副本還在。

從這幾個人的情形來推斷，我可以推想到，耶里的原身在爆炸中死了，他的副本一定還在。

如果耶里的副本在，那麼豈不正是他該出現的時候了？所以我大叫了起來。

隨着我的叫聲，我首先聽到的是躲在樹上的鐵輪所發出的一下短促的驚叫聲，接着，便是耶里的聲音，冰冷而堅定：「你別動，你手中的武器是槍，我手中的武器是一條毒蛇，只要你一動，我相信毒蛇的毒液，會令你在半秒鐘之內麻痺，根本沒有機會發射，而在五秒鐘之內，你就會死！」

再接着，又是鐵輪充滿了驚怖的一下聲響，和耶里有點得意忘形的縱笑聲。

我要鼓起最大勇氣，才能使我身子站直。

耶里果然也來了！

一共有七個人，在廢棄了的宮殿之前，經過爆炸的直升機殘骸之旁。

這七個人，依被控制的次序是：我、貞弓、健一、雲子、板垣一郎、鐵輪、耶里。

這七個人，只有我一個，才是真正的我。

其餘六個人，我可以肯定，那不是他們真正的他們，而全是那「怪東西」複製出來的「副本」！

228

「副本」算是什麼呢？是人？不是人，只是一種怪物？實在想不出人類語言之中，可以用什麼適當的名詞去稱呼他們，只好稱他們為「副本」。

而我，就和六個副本在一起！

剎那之間，我心中的感覺，不是恐懼、怪異，而是只覺得滑稽！

那真是滑稽之極的事，給我印象是如此典雅柔順的貞弓，這時挺立着身子，抽動着面上的肌肉，來福槍的槍口還對準了我。在貞弓身後的健一，這個盡忠職守的警務人員，我的好朋友，可是這時，我望向他，就像是看着一個陌生人一樣！

看來，白色小眼鏡猴也和我有同樣的感覺，牠雖然還摟着健一的頸，但是卻也仰着頭，用充滿好奇的眼光，打量着健一。

在健一身後不遠處的是雲子。這個來自日本一個小地方，自以為可以在大都市中有所發展的女孩子，是典型的可憐蟲。她在掙扎了許多時日之後，一點改善環境的希望也沒有，只是在低級的娛樂場所浮沉。最後成為一個商人的情婦。

那個瘋了的，才是真正的可憐蟲、毫無希望的大良雲子，除了將自己的身體

和青春出賣給一個俗俗的商人之外，沒有第二條路可走。

而這時，雲子的臉，在月色下看來，咬緊了牙關，絕不是逆來順受的雲

子，而是充滿了仇恨和絕望，這種仇恨，使她可以有力量去殺任何人，而那種

絕望，又可以使她毀滅自己！

那不是雲子，是雲子的副本。雲子原身的潛意識，在副本中變成了正意

識。她平時埋藏在心底深處，連想也不敢去想的事，如今全敢去想，敢去做。

我真懷疑，如果讓她見到了靈異猴神，她的三個願望會是什麼！

在雲子身後的，是板垣一郎。這個外形十足是成功商人的人，這時滿面泛

着油光，呈現着一種難以形容的兇狠的神情，我相信他如果照鏡子的話，會自己

不認識自己。

鐵輪在樹上，我看不到他，但是我卻知道他藏身在哪一株樹枝上，因為這

根樹枝，由於他身子的震動，而在發出輕微的聲響。

樹枝的震動，是由於鐵輪在顫抖！這個以殺人為職業的鐵輪，他平時在擾

取他人的生命之際，是何等冷酷和鎮定，但這時，他卻害怕得發抖。

耶里也在樹上，一個高貴的土王後裔，這時卻捏住一條蛇，瞪大眼想用蛇

去咬人。

六個人互相牽制着，而我又實實在在，只好稱他們為六個副本。

這真是滑稽之極的事情。

我陡然哈哈大笑起來：「你們全到這裏來了，目的是什麼？」

板垣一郎先搶着說，一面說，一面喘着氣：「見靈異猴神。」

我道：「相信每一個人的目的，全是如此，你們這樣互相用殺人武器指着

對方，靈異猴神會見你們麼？」

耶里的聲音自樹上傳下來：「你有什麼好提議？」

我攤開手：「放下你們手中的武器，你們可以一起去找靈異猴神，反正有

『奇渥達卡』為你們帶路。」

六個人都不出聲，健一道：「靈異猴神肯同時接見這麼多人？」

我搖頭道：「我不知道，但我相信他具有非凡的能力，你們全是他的一件怪東西製造出來的，我相信你們全明白這一點。」

當我說到這裏的時候，我可以見到的幾個人，臉上的神情，真是古怪到了極點。我望向健一：「健一，是不是？」

健一震動了一下：「我……不知道，我不知道，我不知道自己從何而來。」

第二十部

找猴神的行程之二

他的神情在剎那間，又變得極度茫然，眼珠轉動着：「我是早已有了的，是不是？我是早已有了的，是不是？是不是？」

他問到後來，簡直如同在嘶叫一般。

我道：「不管你存在了多久，這個問題，只有靈異猴神才能回答你。所以你必須去見他。」

耶里在樹上大叫一聲：「是。」

隨着他的叫聲，一條毒蛇，突然從樹叢中，被拋了出來。

那條毒蛇被拋了出來之後，在空中扭曲着身體，還未曾落地，槍聲就響了。

自樹葉中伸出來的來復槍口向着蛇，鐵輪的一槍，射中了在半空中的毒蛇，使毒蛇斷成了兩截，灑着蛇血，落到了地上。

接着，鐵輪拋下了槍，先是他，再是耶里，兩個人迅速地自樹上落了下來。

板垣一郎躊躇了一下，也放下了槍，接着是雲子、健一、貞弓，全放下了武器。

我長長地吸了一口氣：「好了，相信求見猴神的旅行團，已經夠人數了，你們出發吧，我，對不起，不奉陪了。」

我實在不想和六個「副本」再在一起。而這時，東方已經泛起魚肚白色，天可快亮了。我已決定，天色一亮，我就開始步行，離開這裏。

而我的話才一出口，板垣一郎就叫了起來：「你是傻瓜，見了猴神，可以有三個願望！」

我搖頭道：「我不是第一個傻瓜，令堂叔是第一個，他甚至被他自己殺死！」

健一走向我，在他走近我的時候，我感到了一股寒意，我立時作出了一個拒絕他繼續走向前來的手勢：「第二個傻瓜，是我的好朋友健一！」

健一叫道：「我就是健一。」

我道：「我指的那個不是你，是現在不知在什麼地方，可能在他從小長大的森林中，又在和猴子為伍的那個！」

健一的神情極憤然：「是，那是一個傻瓜，他寧願在森林裏做野人，而不願意有三個願望。」

我嘆了一口氣，事情總算還有一點令人高興的，健一果然找到了適合他自己的生活，但是，即使是健一這樣熱愛大自然，這樣恬淡的人，在他的潛意識之中，也有貪婪的一面，要不然，就不會有他的副本在這裏了。

我緩緩地搖了搖頭：「這樣說來，我只好算是第三名傻瓜！」

健一道：「我們不會容許你做傻瓜，我們知道你的能力，你必須和我們在一起，幫助我們，一起去見靈異猴神！你不能退出！」

耶里立即道：「對，你不能退出，你曾答應過我，和我一起去見猴神的。」

我聲音苦澀：「我答應的是你？」

耶里理直氣壯地道：「當然是我。」

我半轉身，指着耶里被燒焦了的屍體，想說什麼，可是結果卻一個字也說

不出來。

真的，我說什麼才好？我眼前的耶里，知道他自己只不過是一個複製品嗎？如果這個複製品的一切，都和原身完全一樣，那麼，他就是耶里。我如何可以指一個人的屍體給他自己看呢？

我揚起的手，又垂了下來，鐵輪也走了過來：「請你去，和我們一起去。」

我不禁冒火：「你是一個一向行事獨來獨往的職業殺手，為什麼也要拉上我？」

鐵輪現出極害怕的神情來：「我害怕。我每一分每一秒都在極度害怕之中，可憐可憐我！我如果能有三個願望，第一個願望，就是要我今後，永遠不知道什麼叫作恐懼。」

我苦笑，剎那之間，我只感到他實在可憐。也在剎那間，我陡地想起，我也曾有一個極其短暫的時間，看到過我自己的副本，平時英勇無匹的衛斯理，何嘗

不是愁眉苦臉，像是大禍臨身？誰知道我的潛意識之中，是不是也在恐懼？

我的聲音變得很疲倦，用手抹了抹臉：「好的，我和你們一起去。」

健一叫道：「我會請『奇渥達卡』帶路。」

耶里道：「裝備夠了，不過要節省點用。」

板垣一郎離得貞弓和雲子相當遠，像是怕這兩個女人，聯合起來對付他，雙手抱住膝，坐了下來，我實在需要休息一下。

但是他仍然怕吃虧似地叫道：「要公平分配一切用品。」

他們是怎樣「公平分配」用品的，我並不清楚，因為我走了開去，一直到天色大明，隊伍開始出發。健一抱着白色小眼鏡猴，和白色小眼鏡猴一起，不住發出一些怪異的聲音。

其餘人，包括我在內，就跟在他的後面。鐵輪走在最後面，一有人落後，他就放慢腳步，或者乾脆停步不前。我知道他要走在最後的原因，是怕有人在他的背後。這個一流的職業殺手，的確是生活在恐懼之中的可憐蟲。

板垣一郎也故意落後，反倒是貞弓和雲子，昂首直前。我在一郎的身邊，向他打量着，突然之間，忍不住心中的好奇，向他問了一個問題。

我壓低了聲音：「一郎，你要殺你的妻子貞弓，我很可以理解，為什麼連雲子都要殺呢？」

一郎揚着眉：「我叫雲子去行兇，如果不連她一起殺了，難道一輩子受制於她？」

我震動了一下，不禁嘆了一口氣，潛藏在人腦深處的意識，竟然如此可怕。我又道：「我還有一點不明白，你交給雲子的這柄槍，是哪裏弄來的？」

關於「副本」，我真還有很多不明白之處。例如，副本可以忽然出現，忽然消失，如雲子的副本在精神病院。副本也可以有特殊能力，如一郎有那種普通人得不到的兩頭槍，如耶里知道鐵輪的存在。

我知道，從光義的日記中知道，至少有三天的途程，我倒可以趁機了解更多一些。

副本種種特殊能力是從何而來的，我想先從板垣一郎如何得到這柄手槍開始。

板垣一郎在聽到我這樣一問，呆了一呆，像是不知道如何回答才好。

我還怕他沒聽清楚，又將這個問題重複了一遍。

板垣一郎的神情仍是惘然，我再提醒一遍：「那柄槍，可以兩頭發射的。」

一郎有點惱怒：「我當然記得這柄槍。」

我道：「哪裏弄來的？」

一郎苦笑了一下：「我不知道，我⋯⋯不知道。」

我不肯放過：「你不知道？你自己的事，你不知道？這是什麼話？」

板垣一郎的神情，看來相當狼狽，但仍有着極度迷惘：「我真的不知道，不知怎麼，我就有了這樣的一柄槍。」

我呆了一呆：「你說明白一點。」

我只是⋯⋯想有這樣的一柄槍⋯⋯不知怎麼，我就有了這樣的一柄槍。」

一郎像是在竭力思索，可是他說的話，還是十分模糊：「我想有這樣一柄

槍，雲子去殺貞弓，她自己也會同時死去。我在自己的書房裏這樣想，當我想的時候我忽然一伸手，就有這樣的一柄槍在桌上！」

我呆了一呆，說道：「這就是說，你有願望，而你的願望立刻實現了。」

板垣一郎像是在竭力思索着，我看得出他的神情不是假裝的，但是我卻不明白，何以發生在他身上的事，他回憶起來，會像是一點印象都沒有。

我又問道：「是不是那樣？」

一郎的神情有點苦澀：「當然不是，如果是這樣，等於我這願望已可以實現，我也不必再去見靈異猴神了。」

我有點不耐煩：「那麼，這柄槍，究竟是怎樣來的，怎樣到你手上的？」

一郎眨着眼：「我已經對你說過了，我一伸手，就忽然有了一柄這樣的槍，我……而且很熟知這柄槍的性能，所以我將槍交給了雲子。」

我問來問去，問不出一個所以然來。我知道其中必然還有我不明白的關鍵，但既然在板垣一郎的口中，問不出什麼來，只好放棄。

我加快了腳步，來到了耶里的身邊。耶里望着我，很不自然地笑了一下。

這種笑容，就像是他本來是我的老朋友，但是卻做了什麼對不起我的事。

我向他笑了笑，試探着道：「耶里？我可以叫你耶里？」

耶里有點惱怒：「當然可以，我本來就是耶里。」

我作了一個請他諒解的手勢：「在東京，你曾去見過雲子？」

耶里向雲子望了一眼：「是。」

我接着問：「你怎麼知道一郎給了雲子一柄槍，叫她去殺貞弓？」

耶里呆了一呆，現出一種迷惘的神情來。這種神情我並不陌生，因為才在板垣一郎的臉上看到過。他在呆了一呆說：「知道就是知道，還要為什麼？」

我不肯放鬆：「當然應該有知道的理由，一郎的行事很秘密──」

耶里不等我說完，就道：「事情再進行得秘密，也必然會給人知道！」

我道：「那時，你和一郎已很久沒有見面了──」

耶里聽到這裏，陡地縱笑了起來：「很久沒見一郎的不是我，是——」

他講到這裏，現出了一個神秘的笑容來。我明白了他的意思，那是耶里的原身，不是他！

這裏，又牽涉到我心中的另一個疑問：「副本」似乎有隨時出現隨時消失的本領，就算他在你的身邊，你也未必知道！

我想了一想，說道：「好，就算你能夠知道一郎的秘密，你又何以知道有鐵輪這個人？鐵輪是一個一流的職業殺手，行動極其詭秘，世界上所有的特務人員都在找他而毫無結果，你是怎麼知道他的底細的？」

耶里又重現出那種茫然的神情來，想了片刻，才道：「我……只想到，如果能夠殺死板垣一郎，我就可以獨佔有關靈異猴神的秘密，接着……我就知道了一郎要雲子去行兇的秘密……」

他的語氣相當遲疑，在講到這裏時，向我望了一眼。我吸了一口氣，示意他再說下去。耶里道：「我恐怕我說得不很明白。」

他的確説得不怎麼明白，但是我卻明白當時的情形，和一郎想要一柄槍，而忽然之間有了一柄槍一樣。當耶里想要除去板垣一郎之際，他就自然而然知道了一郎的秘密。

情形似乎是：想到什麼，什麼就實現！而當事人卻不明白自己有這樣的能力！

我示意耶里再説下去，耶里想了一想：「當我知道了一郎的秘密之後，我就想，如今是除去一郎的最好機會，我有法子可以令雲子煽起妒火，去殺一郎。但是雲子看來並不習慣殺人，有什麼法子可以令雲子出面殺人，而我又不必負任何責任呢？」

我壓低了聲音：「當你這樣想的時候，你自然而然就知道了鐵輪這個人！」

耶里連連點頭：「是的，是的。」

我又道：「而且，你也知道用什麼方法可以要脅鐵輪，令他為雲子服務！」

耶里像是陡地鬆了一口氣：「不錯，事情就是這樣，而雲子也聽了我的話，結果鐵輪輾殺死了一郎，而我卻不必負任何責任。」

我聽到這裏，不禁打了一個寒噤。

我只不過和一郎的副本、耶里的副本交談了極短的時間，但是我發現，「副本」的奸詐兇險之處，遠在原身之上。

人心難測，夠險惡，但是總還受着種種道德規範的約束，不敢為所欲為，而且在許多情形之下，想任性胡為，但能力卻有所不及。

可是副本卻不同，他們不但毫無顧忌，想到什麼，什麼就實現。

而且，他們又有特殊的能力，將自私兇狠的性情發揮到淋漓盡致，

同時，也想到了另外一些問題。

我如今和六個這樣的副本在一起！這實在使人想起就心中發毛。

「副本」的產生，是由於那怪東西的作用。而那「怪東西」屬於靈異猴神。

也可以說，副本，是靈異猴神製造出來的。

那麼，他們的這種本領，是不是靈異猴神給他們的呢？

靈異猴神通過一種裝置，製造了副本。

靈異猴神是不是仍然在通過一些不明的裝置，在控制着副本？

副本對自己的忽然出現，忽然消失，忽然能知道一些他們不應該知道的事，忽然能得到一些他們不應該得到的東西，茫無所知，是不是由於靈異猴神在暗中操縱呢？

靈異猴神究竟是什麼？何以他有這樣的能力？他的目的又是什麼？種種問題在我心中盤旋着，無法找出答案來。

看來，除了面對靈異猴神，由猴神自己來回答之外，不會再有別的辦法了。

一連兩天，都在密林中進發，六個「副本」之間，互不交談，甚至避免眼光的接觸。

這六個人之間的關係複雜，誰也不知道他們心中在想什麼，但是他們互相之間決計不會有什麼好感，那可以肯定。

反而，他們和我，倒很肯交談。在這兩天之中，我用盡方法，想去刺探他們的秘密，但是並沒有得到什麼，跟我與耶里和一郎交談之後所得出的結論一樣。

第三天，進入了旅程最後一天。一行人中，只有我、耶里和一郎，在光義的筆記中知道要經過三天的途程，才可以見到靈異猴神。

一郎曾向我一再堅持，不可以將這件事告知其他人，但是我沒有照他的意思做，我還是將這件事宣佈了出來。所以，在第三天開始啟程之際，除了一郎滿臉不高興，人人興高采烈。中午時分，自一座密林中穿出來，前面是一條河水相當湍急的河流，河水急而淺，人人都涉水而過。

一過了河，白色小眼鏡猴就尖聲叫了起來，我也聽到，遠遠有一種聽來相當怪異的聲音傳了過來。這種聲音，聽來就像是當日耶里用來引走眼鏡猴所吹的那種葉笛所發出的聲音。

前面我猜想不會有人在吹笛，那一定是風吹動眼鏡猴棲身的樹枝所發出的聲音，也就是說，我們接近眼鏡猴的故鄉了。

我沒有將這一點講出來，儘管各人對這種聲音都表示很訝異，鐵輪更現出了十分害怕的神情。

繼續向前走，沿着河走向上游，又進入了一座密林。當有風時，那種「嗚嗚」的風掠過樹梢的聲音，聽來驚心動魄之極。

我和一郎互望了一眼，一郎沉聲道：「光義的日記上，記述過這座林子。」

我道：「是的。」

耶里也走近來：「光義的日記上說：穿過一座會吼叫的密林，是一條發光的小徑。發光的小徑，那算是什麼意思？」

一郎「哼」地一聲，說道：「就是一條小徑，會發光，這還不明白？」

耶里怒道：「只有你這種頭腦簡單的人，才會以為事情那麼簡單的！」

一郎轉向我：「照你看，是什麼意思？」

我也想不出什麼叫做「發光的小徑」，「小徑」很容易理解，但小徑而會

248

「發光」，似乎有點不可思議。耶里和板垣一郎還在不斷爭論這個問題，那令我覺得心煩，我道：「何必再爭？等到看到這條小徑之後，就可以知道什麼是發光的小徑了！」

我這樣一說，他們兩人都靜了下來。可是靜了沒有多久，耶里忽然又道：

「光義的筆記中又說，在發光小徑的盡頭，可以通向猴神的宮殿——」

一郎立時道：「那表示猴神的宮殿，就在小徑的盡頭。」

一郎的話說得很大聲，同行的人都興奮起來，接連三天在密林中覓途前進，天氣又異常悶熱，那極令人疲倦，但這時，人人都加快了腳步。

在健一肩頭的白色小眼鏡猴，不住發出一下又一下的尖叫聲，叫聲好像愈來愈緊迫。一直到夕陽西下時分，我們已經走出了這座密林。人人都期望着在一走出密林之後，就可以看到「發光小徑」，尤其是我、一郎和耶里。因為在這三天來，我們沿途所經過的地方，凡是有特色之處，都可以在光義的日記中找得到。

光義的日記，十分詳盡，而且是據實記載的。而他的日記之中，既然曾清清楚楚提到了「發光小徑」，那麼，一定會有一條這樣的小徑存在。

可是，當林木愈來愈稀落，不知道由誰開始，變步行為奔跑，向前疾奔出去，奔出了林子之後，呈現在我們面前的，是一大片看來相當茂密的草原。草原上的野草，至少有八十公分高，長得極密，根本沒有小徑。

在草原對面，相隔約一公里處，可以看到，又是一座十分茂密的森林。

在草原邊上，各人都停了下來，鐵輪立時問：「小徑在哪裏？」

一郎大聲道：「一定有的！一定有小徑！光義在日記上說的。你們全站着幹什麼？還不快將小徑找出來？」

我也認為一郎所講的不錯。既然是「小徑」，當然十分狹窄，而這裏的野草又如此茂盛，一條狹窄的小徑，很容易被野草遮住。

一郎一面說，一面已經胡亂撥開野草，去尋找小徑，其餘的人也跟着做。

我也找了一會，但是立時想到，白色小眼鏡猴，在傳說中，是靈異猴神派出來

250

的使者，會帶引人到猴神的面前去。在這樣情形之下，我們自己何必費神去尋找什麼小徑？

我一想到這一點，立刻向健一望去。我看到健一正站着不動，神色一片茫然。

白色小眼鏡猴正蜷伏在他的懷中，一動不動。

我怔了一怔，忙向他走過去：「奇渥達卡怎麼了？」

健一苦笑了一下：「牠好像睡着了。我們一直在牠的帶引下走路，照說，應該可以見到猴神，可是牠卻睡着了。」

我向眼鏡猴看去，只見牠閉着眼睛，絲毫也沒有動一動的意思。

這時，鐵輪又叫了起來：「只有荒草，根本就沒有什麼小徑。」

貞弓忽然道：「這裏是一片草原，根本不必找什麼小徑，我們就可以穿過草原，到對面的森林中去。」

貞弓這樣一說，幾個人一起笑了起來，我也不禁伸手在自己的額頭上拍了一下。貞弓說得對，眼前是一片平原，何必理會有沒有小徑，只要向前走，就

一定可以穿過這片平原，這還用懷疑麼？

健一大叫了一聲，首先大踏步向前走去，各人跟在他的後面，野草濃密，腳踏處，由於積年累月的腐草堆積，踏下去軟綿綿地，十分難行，所以速度並不快。我們出林子的時候，已經是夕陽西下時分，走到草原的中心，天色已漸漸黑了下來，這時，人人心中都想，一過草原，就可以到達密林，猴神一定就在那密林之中。

那時，的確人人這樣想，因為光義的日記中是這樣記載的：「在發光小徑的盡頭，可以通向猴神的宮殿。」

雖然沒找到小徑，可是只要穿過草原，實際並無分別。天色一黑，向前走去的時候，更有腳高腳低、寸步難行之感。而天色黑得如此之快，鐵輪的恐懼病又發作了，他先是靠着我走，到後來，緊緊地拉着我的衣角。我轉頭向他望去，發現在黑暗之中，他的雙眼閃耀着充滿恐懼的光芒。

我想要安慰他幾句，因為不管他過去如何窮兇極惡，此際的情景，十分令

人同情。可是我還沒有想到該如何開口之際，貞弓和雲子，突然同聲尖叫了起來。這時天色十分黑，她們兩人與我相隔約有三公尺，我已經不是十分看得清楚她們。但是，我卻可以看到她們一面叫，一面用手指着前面。

我一轉頭，循她們所指看去，立時呆住了。

這時，不單是我呆住了，人人都呆住了！

在她們所指的前面不遠處，大約是在這片草原的邊緣處，有一條光帶，自我們走出來的那座密林起向前伸展，一直伸展到草原的另一邊。那一邊，遠處有一點山影，望過去，簡直見不到盡頭，而那道光帶，就直伸向前面。

光帶是貼地向前伸展出去的，色澤暗紅，那情景，就像是草原上忽然有一條半公尺寬的草帶，着了火在燃燒着一樣。

在我一呆之際，一郎首先大聲叫了起來：「發光的小徑。」

耶里雙手合十，喃喃地道：「天！發光的小徑，我們走對了。」

那條光帶，一直伸延向前，看起來，的確像是一條發光的小徑。

一郎一面叫着，一面已不顧一切向前奔去，其餘的人立時開始跟在他後面。鐵輪幾次想要離開我，也向前奔去，可是卻始終不敢，可憐巴巴地望着我：「我們……怎麼還不去？」

我道：「急什麼，我相信我們既然已找到了這條發光的小徑，一定可以見到猴神。」

我說着，也大踏步向前走去，鐵輪仍緊跟在我的身邊。

我一面向前走，一面心中疑惑，注視着前面的那條光帶。那究竟是什麼呢？雖然隔得還遠，但是我可以肯定，那絕不是野草叢中的一條小徑，那只是一股貼地伸延向前的光帶。這條光帶，所發的光，並不是十分強烈，所以一定要等天色全黑了，才能看得見。

這一條看來至少有十公里長的光帶，是什麼力量形成？作用是什麼？光義的日記，為什麼說「發光小徑的盡頭，可以通向猴神的宮殿」？「可以通向」是什麼意思？他為什麼不直接地說小徑的盡頭就是猴神宮殿？

我一面想着，一面加快腳步向前奔去，鐵輪氣咻咻地跟在我的身邊。其餘向前奔去的人，本來是一郎奔在最前面的，但是健一立即追過了他。健一向前奔的速度，真快得像一頭猴子在草上飛躍一般。

一郎跟在後面，但不久又被耶里追過，雲子和貞弓也奔得很快和一郎逼近了。

我看見健一愈來愈接近那條光帶，陡地想起，不可知的因素實在太多，那條光帶，看來如此怪異，簡直有一股難以形容的妖氣，不知道接觸到這條光帶之後，會發生一些什麼事！

我一想到這一點，立時大聲叫道：「健一，等一等！」

可是我的叫聲才一出口，健一已經發出了一下大喜若狂的呼叫聲，他已來到了光帶的邊上，光帶所發出來的那種暗紅，映得他整個人，看來像是包裹在一層暗紅的火中，怪異莫名。

隨着他的那一下叫聲，他已陡地向前跳去，跳進了那光帶的範圍之中。而

當他一跳進去之後，只看到包圍他身上的那種暗紅色的光彩，突然亮了一亮，隨即恢復了原狀。

「恢復了原狀」，並不是說那種暗紅色的光芒，仍然包圍在健一的身旁，而是說，一切全恢復了原狀。也就是說，一閃之後，光帶依然是光帶，直伸向前，光帶上什麼也沒有，健一突然消失了！健一和那隻白色小眼鏡猴，一起消失了！

這時候，耶里離那條光帶，大約只有十公尺，他當然也看到了這種變化，所以，當健一突然消失之後，他陡地停了下來。

光帶所發出的暗紅色光芒，已經可以映到他的臉上，他的神情奇特，驚駭之極，面肉在不住跳動着。事實上，我們每一個人的神情，都和他差不多。

一郎、雲子和貞弓來到了耶里的身邊，也一起停了下來，我推開了鐵輪，急急向前奔去，也在耶里的身邊，停了下來。鐵輪像一頭受了驚的兔子，大口喘着氣，立即又來到我的身邊。

第二十一部

我見了猴神實現了三個願望

等我奔到之後，耶里立時尖聲向我叫道：「發生了什麼事？他⋯⋯他⋯⋯到哪裏去了？」

耶里說着，一面指着前面的那條光帶。這個問題，正是我想問人的，我如何答得上來？

耶里得不到我的回答，大聲叫道：「他到哪裏去了？那日本人到哪裏去了？奇渥達卡！奇渥達卡也不見了，誰來帶路？」

在耶里尖聲高叫之際，雲子突然現出堅定的神情來，向前走去，鐵輪吃了一驚，叫道：「雲子小姐，你幹什麼？你⋯⋯你⋯⋯」

雲子停了下來，並不轉身，昂着頭，神情堅決：「我相信健一先生是到猴神的宮殿去了！」

鐵輪道：「你⋯⋯怎麼知道？他⋯⋯突然消失了！」

雲子冷冷地道：「你要是害怕，你就別向前來，要是不害怕，就和我一起來。」

雲子說着，仍然不轉身，只是向後，伸出她的手，等待鐵輪去拉她。

而鐵輪居然立即向前走去。雖然他的神情，顯示他的心中正極度害怕，但是，他的確在向前走去。我深信他並不是突然膽子大了，而是他對雲子，一定有着一份特殊感情的緣故。

我們眼睜睜看着鐵輪來到了雲子的身後，伸出手來。雲子的手和鐵輪的手緊握在一起，鐵輪又向前跨出了一步，已和雲子並肩而立了。

當他們並肩而立之際，他們兩人不約而同轉過頭，互望了一眼，雲子的神情，在堅定之中，有幾分矜持，像是一個初會情人的少女一樣。而鐵輪，在極度驚恐之中，居然笑了一下。

接着，他們兩人，就繼續向前走去。就在光帶的邊緣，停了一停。

像健一的情形一樣，那時，他們的身上，像是罩着一層暗紅色的光芒。他們停了極短的時間，就又向前跨去，跨進了光帶之中。

一下子，他們身上的光芒閃了一閃，在不到二十分之一秒的時間內就消失了！

我之所以肯定他們消失得如此之快，是因為人的眼睛，可以將影像保留十五分之一秒的時間，可是他們消失得如此之快，簡直是說沒有就沒有，速度之快，使人感到怪異莫名！板垣一郎在他們兩人消失之際，陡地向後退了一步。

貞弓就在他的身後，一郎向後一退，眼看要撞在貞弓的身上，貞弓一伸手，推了推一郎的背，冷冷道：「你的情婦走了，你怎麼不跟上去？」

一郎的喉間發出了「咯咯」的聲響，並不轉過身來。在貞弓的臉上，現出極其刻毒的神情來，聲音也變得十分尖酸：「可笑吧！你的情婦，走的時候，不叫你一起走，她和另一個人一起走了。」

一郎陡地轉過身來，臉色通紅：「住口！」

貞弓笑得更陰森：「你敢責叱我了？哈哈，你這個不中用的膽小鬼，你敢責叱我？你別忘記，你的一切是怎樣來的？是誰使你事業成功，有資格養情婦的？」

我一聽得貞弓的口中吐出這樣的話來，就知道事情不妙了。

果然，一郎陡地吼叫一聲，一伸手，抓住了貞弓的頭髮！貞弓對一郎這樣

說話，如果她面對的是一郎的原身，一直忍氣吞聲的一郎，會低下頭，一聲也

不敢反駁。可是這時的一郎，是副本，所以他立時抓住了貞弓的頭髮。

他不但抓住了貞弓的頭髮，而且立時揚起手來，重重打了貞弓一記耳光。

如果捱打的貞弓，是貞弓的原身，那麼，出身大家的貞弓，可能全然不知

所措。但這時的貞弓，一樣是副本，只聽得她陡地尖叫一聲，一低頭，一頭向

一郎的懷中撞了過去。

那一撞，令得一郎退到光帶的旁邊，還沒有收住勢子，而貞弓的頭髮仍被

一郎抓着，所以他們兩人是一起向光帶跌出去的。

一郎拉着貞弓的頭髮，跌進了光帶之中。

情形和已經發生過的兩次一樣，他們兩人立時消失了！

只剩下我和耶里了。

我們互望着，耶里吞下了一口口水，説道：「這⋯⋯光義的⋯⋯日記上，

沒有提到過⋯⋯人會消失。」

我苦笑一下:「他要是消失,自己看不到。」

我講的話,雖然聽來有點滑稽,但實際上卻很合乎邏輯。光義來的時候,只有他一個人,如果他一踏上了「發光的小徑」就消失了,沒有旁觀者,他自己自然不可能知道發生了什麼事!那麼當然也不會在他的日記中留下任何記載。

由這一點來推論,在「發光的小徑」中消失了的那些人,一定可以回來,因為光義結果回來了。

我看到耶里的神情,十分徬徨,望着我,語意之中仍然充滿了遲疑:「照你說⋯⋯他們的消失,是一種⋯⋯到達某一地方的行進方式?」

我道:「我想是。發光的小徑盡頭,有猴神的宮殿,這是光義日記中說得很明白的事。」

耶里又吸了一口氣:「我們⋯⋯我們是不是一起去?」

我看出耶里對於前幾個人的消失,心中有相當程度的恐懼。事實上,我也

一樣害怕，眼看着和自己在一起的人，一個接一個那麼迅速而莫名其妙地消失，總不會是一件愉快的事。

所以，當耶里提出了這一點之際，我立時同意道：「好的，我們一起去。」

耶里再吞了一口口水，向我伸出手來。我不至於像他那樣膽小，但他既然伸出手來，我也就握住了他的手，我們一起走向前去。那情形，就像是兩個小孩子手拉着手去涉過一道水相當深的小溪。

那「發光的小徑」，究竟會使我們有什麼遭遇，完全不可測，所以當我在向前走去之際，心中生出了千萬種幻想。

我們本來離「小徑」就不是十分遠，一下就來到了邊緣。我和耶里都不由自主，停了一停，然後互望了一眼，同時吸了一口氣，一起向前跨去。

這一步跨去，我們已經一起進入了光線籠罩的範圍之內。我和耶里是手拉着手一起跨進去的。在跨進去的那一剎那間，我還清楚地可以覺出，耶里的手

緊了一緊，可能是由於他心情緊張的緣故。

可是，當光線一照了上來，我卻只是一個人！

我回頭看了一眼，什麼也看不見，只看到極其明亮的光芒，明亮得幾乎連眼也睜不開來。我看不到耶里，也明顯地感到耶里根本已不在我的身邊。我想大叫，可是一開口，就有一股極強的氣流，向我迎面逼了過來。直到這時，我才感到自己是在向前迅速地移動着。

在移動的或許是那發光的光帶，或許是我本身，根本無法說得上來，而且移動的速度如此之高，甚至使得我有全身都快散了開來的感覺。

在那一剎那，心中只想着一點：究竟發生了什麼事？我只來得及想，全然沒有機會找到答案，眼前已陡然黑了下來。不但眼前一黑，而且，我也感覺出身子的急速的移動，在陡然間停頓。從急速的行進到突然的停頓，使人極不舒適，氣血翻湧，五臟在剎那間，像是要翻轉過來，我伸手向前，想扶住什麼東西來穩住身子。一伸手出去，就碰到了一個物體。由於在黑暗之中，一時之間

264

無法確定自己碰到的是什麼，只覺得那好像是一個平面。不論碰到的是什麼，那總使我的身子穩了下來。我定了定神，看到前面開始有一線光亮在閃耀，而且在迅速擴大，那情形就像是在黑暗中有人着亮了一個手電筒。而且我也立即看到，就在那股光線之中，那隻白色小眼鏡猴，正在飛躍着，向我奔了過來，轉眼之間就來到了我的面前，停下，用牠骨碌碌的眼睛望定了我，發出低沉的叫聲。

我吸了一口氣：「奇渥達卡，你來帶我去見靈異猴神？」眼鏡猴又叫了兩下，轉過身，跳躍着向前走去，我忙跟在牠的身後。我走出的方向，完全是照着那股光線照射過來的方向，除了那股光線照射的範圍之外，什麼也看不到。

這時，我所能看到的，只是地面，看來十分平整，像是用一整塊大石板鋪成。

約莫行進了三分鐘左右，光線陡然消失，眼前重又一片黑暗。在黑暗中，我聽到了一下輕微的移動聲，像是有什麼東西滑了開來。

那情形，我迅速推測的結果是：在我的面前，有一扇門滑了開來。

我的推測不錯，因為我立時聽到了一個十分柔和動聽的聲音：「你來了，請進來。」

在光義的日記中，曾提及靈異猴神的聲音極其柔和動聽，我一聽到那聲音，心頭便不禁怦怦亂跳了起來！我已經聽到傳說中靈異猴神的聲音了。

我吸了一口氣：「我什麼也看不見！」

我的話還未說完，那聽來極其柔和的聲音已然接着道：「前面的事對每一個人，全是漆黑一團，一點也看不見，可是每一個人都在向前走。」

我怔了一怔，玩味着這幾句話，同時，也舉步向前，跨了出去。

在我跨出了兩三步之後，我又聽到了一下輕微的移動聲，在我身後響起，我假設那是一扇門，又在我的身後關上。

這時，我的心中，不免十分緊張，我完全處身於黑暗之中，而且是一個全然不可測的環境，會有什麼事發生，我全然不能預料。

我勉力定了定神：「請問，和我講話的，是不是傳說中的靈異猴神？」

266

那柔和的聲音毫不猶豫地回答：「是。」

我的心情更緊張，用盡目力向前看，想看出靈異猴神是什麼樣子的，因為從他的語聲聽來，他像是就在我的對面。

可是，四周圍實在太黑暗，不論我如何努力，什麼也看不到，我的呼吸不由自主急促起來，但是靈異猴神的聲音還是那麼柔和：「你是第五個來見我的人，你一定是為三個願望而來的，請問你第一個願望是什麼？」這時，我的思緒，在一種極度紊亂的情形之中，我也不及去想一想他的話中「你是第五個來見我的人」是什麼意思。只要略想一想的話，就該想到我沒有理由是「第五」，因為在我之前，還應該有六個人，是貞弓他們，應該已見過靈異猴神。

但是我卻根本沒有去細想，而且，當對方問及我「第一個願望」之際，我一樣沒有細想。或許那是由於在整件事情之中，從頭到尾，我都不是十分相信有「三個願望」這樣的事情之故。再加上這時，我幾乎用全副心神，想看到所謂靈異猴神是什麼樣的，是以我一聽得他這樣問，立時道：「我想看到

你。」

我的話才一出口，猴神發出了一下類似驚訝的聲音，接着，在我的面前，就現出了一團光亮。

那一團光亮，就像是投射向舞台上的燈光，恰好罩住了一公尺見方的一個範圍，而就在那個範圍之中，我看到一張椅子，在椅子上坐着一個人。

那的確是一張椅子坐着一個人，這個人的樣子極怪！

他坐着，看來身形又高又瘦，身上穿着一種淺灰色的，也不知道是什麼料子織成的衣服，雙手放在椅子的扶手上，十根手指又細又長，幾乎是普通人手指的一倍，手臂也十分長。這些全不要緊，最奇特的是那實實在在不是人，只是一頭猴子，這個人，完全有着猴子的臉譜，而且臉上也全長着一種濃密的、金黃色的毛！

我看到了靈異猴神。我在那個專家那裏，看到猴神的畫像之際，曾哈哈大笑，但如今我面對着猴神，我卻不得不承認，那拙劣的畫像，實際上十分傳

神，在我面前，的確是一個猴形的人。

在我盯着他看，心中興起了千百個疑問，腦中一片混亂之際，猴神又開口了，聲音還是那樣緩和動聽：「你看到我了、你的第二個願望是什麼？」

我的第一個願望，已經立刻實現了！

我盯着他，脫口道：「我想知道你究竟是什麼。」

但是由於我的思緒實在太混亂，我全然沒有注意這一點。

猴神笑了一下，他的笑容看來極其古怪。什麼人曾看到過猴子發出笑容來的？只怕沒有，但這時我卻看到了，而且，雖然古怪，但是不討厭，相反地，還有一點親切態。他一面笑着，一面道：「我是靈異猴神。」

我忙道：「不、不，我的意思是，靈異猴神，究竟是什麼？」

猴神再笑了一下：「問得好，我的外形，類似一種叫猴子的動物，而我又具有極大的本領，所以，我就是靈異猴神。」

這樣的回答，當然不足以解決我心中的疑問，我忙又急急追問道：「你那

種本領是哪裏來的？你是哪裏來的？」

猴神揚起了手來：「你看那邊。」

我循他所指看去，只看到我眼前不遠處，有一幅一公尺見方的深藍色光幕出現。那種深藍色，深邃得難以形容，緊接着，在看來無邊無際的深藍之中，現出了一團橘黃色，很淺，一團。

猴神的聲音道：「我從那裏來。」

我「喔」地一聲：「一顆遙遠的星球？」

猴神道：「是的。」

我陡地吸了一口氣：「什麼星座？」

猴神忽然嘆了一口氣：「我無法向你解釋，在你的觀念而言，怕不會明白。」

我忙道：「請你儘管解釋，或許我能夠明白。」

猴神略停了一停：「也好，你問我來自哪一個星座，這問題本身就有問

題。你們抬頭向天，或者通過高倍數的望遠鏡，就自以為可以研究宇宙的秘奧，可以明白天象了，是不是？」

我呆了一呆：「當然是這樣。」

猴神又嘆了一聲：「當然不是這樣！你們的天文學家，宣稱看到了距離幾百萬光年以外的星球，卻忽略了一點，在幾百萬光年距離的同時，還有時間上的距離，看到的，只不過是遠古的景象，是幾百萬年之前的情形。那情形就像你拿着一張七十年前的一張照片，瞧着照片上的嬰兒，卻找一個現在是七十歲的老頭子一樣！」

我「啊」地一聲：「你的意思是，我們可以看到的星空，有的根本不存在了？」

猴神的樣子十分高興：「是的，有的已經根本不存在了，有的已經變了樣，你們所知的全是宇宙的過去，不是宇宙的現在，你們無法知道宇宙的現在，因為你們還未曾突破光速的規限！」

我的思緒愈來愈混亂，張大了口，望着那深藍色光幕中的橘黃的一團，那是猴神所來的一個星球，這個星球在什麼地方，人類全然無法了解，而且可能永遠無法了解，這是不可測的宇宙的奧秘。

雖然思緒混亂，但是這一點，我總算明白了。

我吁了一口氣，道：「我的力量，就是從我來的地方來的。」

猴神又道：「那情形，就像是一個地球上，走在時代最尖端的文明人，帶了一切設施去到了穴居人部落一樣。」

猴神道：「可以這樣講，那種情形如果發生，這個人，自然而然會在穴居人部落中成為神。」

我完全明白了，不由自主點了點頭。猴神的聲音依然柔和：「好了，你的第三個願望是什麼？這是你最後一個願望了。」

我的第二個願望也實現了！

我知道了所謂「猴神」，是來自宇宙一處不可測的星球上的「人」，他的

超異能力，全是那個星球上超異的科學發展的結晶。

他在問我第三個願望是什麼，而且特別提醒我，這是我最後一個願望了。

可是在那一剎那，我什麼也不想，我只想知道一切的經過，解決我心中的疑問。

我大聲道：「我要知道一切，要知道和你有關的一切事情。」

猴神盯着我，他的雙眼之中，射出一種異樣的光芒，看來炯炯有神。他又笑了一下：「你看來和我以前見過的四個人都不同。」

我立時説道：「好，就從你見過的四個人説起，他們是什麼人？」

猴神略仰了仰頭：「第一個是很普通的青年人，那時我還不在這裏，他的願望是要世上至高無上的權力，我給了他！」

我怔了一怔：「結果呢？」

猴神的聲音，聽來多少有點調侃的意味：「結果？和任何人沒有分別，死了。」

我不由自主抽搐了一下：「第二呢？」

猴神道：「第二個要求是財富，我也使他實現了他的願望。」

我的聲音聽來像是呻吟一樣：「結果，他……他也死了？」

猴神點了點頭。

我大聲道：「他們有三個願望，可以一個要求權力或財富，第二個要求長生不老。」

猴神道：「事實上，的確是這樣。」

我大惑不解，道：「那麼為什麼——」

猴神道：「別忘了他們有三個願望，他們的第三個願望，就是要快點死。」

我深深地吸了一口氣，一時之間，說不出話來。猴神的聲音聽來柔和：

「所以，當第三個人，是一個王子，向我來要求快樂的時候，我無法達成他的願望，因為我實在不知道如何才能使人快樂，我可以輕而易舉在海水或空氣之

中，製造一百噸黃金來給一個要求財富的人，但是無法給人快樂。」

我呆了半晌：「是的，快樂不是人給的，也……不是自己可以追尋。什麼是快樂，真是難以下定義得很。」

猴神攤了攤手，他的手指十分長，看來極靈活柔軟，他道：「第四個來見我的人，在看到了他自己之後——」

我忙一揮手，打斷了他的話頭：「第三個和第四個見你的人，他們的事我已經知道，我不明白的是，你何以能使人看到自己？」

猴神現出奇訝的神情來：「那太簡單了，有一套裝置，是複製儀器——」

我點頭道：「是的，那奇形怪狀的東西，我看到過，那東西——」

猴神道：「那東西，只要有一個細胞作為原料，就可以用這個細胞中的因子，培殖出一個完整的個體來，和原來的個體，一模一樣！」

我張大了口，神情錯愕之極。猴神道：「其實你不應該感到奇怪，這種單細胞繁殖，地球人也早成功了，實驗室中用這種方法培養出來的青蛙，不在少

數。」

我說道：「這我知道，無性單細胞繁殖，我並不陌生，但是這樣快……」

猴神作了一個手勢：「快或慢，只不過是技術問題。我的這副裝置，可以在百分之一秒之內，取一個人的單細胞，繁殖出一個新的人來。」

我吸了一口氣：「這個繁殖出來的人，可以稱為原來的人的副本？」

猴神呆了一呆，像是他以前並未曾想到過這個問題，他在一呆之後：「副本？不錯，這個稱呼很不錯！」

我苦笑了一下：「你或許不知道，通過細胞無性繁殖出來的副本，和原來的人，有着截然不同的性格。原來的人的潛意識，在副本中變成了主意識！」

猴神道：「我當然知道，所以我才要向我提出願望的人先看看他們自己，讓他知道他自己實際上是一個什麼樣的人，需要什麼，再作決定。」

我又苦笑了一下：「這有什麼作用？」

猴神道：「當然有，當一個人全面認識自己之後，他就會更明白自己需要

的是什麼。」

我嘆了一口氣：「人真能全面認識自己？」

猴神竟然也跟着我嘆了一聲：「正是我所研究的課題，可是直到如今為止，我不得不承認我還未曾研究出一個結果。人的性格太複雜，不但相互之間，根本無法了解對方，連自己也根本無法了解自己。」

我抹了抹汗，不知道自己為什麼會冒汗，但我的確是在冒汗，我道：「你知道板垣光義的事？就是第四個向你來求取三個願望的人。」

猴神點頭道：「我知道，他自己殺了自己。」

我道：「不，是他的副本殺了他，他又殺了他的副本。」

猴神糾正道：「一樣的，還是他自己殺了自己。和世界上許多沒有副本的人自己害自己，自己殺自己，是一樣的。」

我想了半晌，總算明白猴神話中的涵義。我還未曾開口，猴神又道：「我來，是想研究地球上最高級的生物的一切，我的研究，可以說沒有結果，我也

快要回去了，很高興能認識你！」

我有點啼笑皆非，「很高興認識你」這樣一句普通的對話，竟然在這樣的情形下出現，這無論如何，令人啼笑皆非。

我又呆了片刻，才道：「那六個和我一起來的——」

猴神「噢」地一聲：「他們已經不存在了！」

我不禁陡地一驚：「不存在了？那是什麼意思？他們——」

猴神揮了揮手：「我可以令他們在百分之一秒內，再由人變回一個細胞！」

人，自然也可以令他們在百分之一秒之間，由一個細胞變成一個人，自然也可以令他們在百分之一秒之間，由一個細胞變成一個人！」

我冒的汗更多，一時之間，不知該説什麼才好。

猴神笑了起來，指着我：「事實上，我已搜集了不少細胞，很多，準備在回去的時候，帶回去，再作詳細的研究，這其中，包括他們六個人的細胞，也有你的，想你不會見怪！你身內有數億個細胞，每一個都可以成為你的副本。」

我倒抽了一口涼氣，忙道：「不反對！不反對！你多拿幾個去，也不要緊！」

猴神「哈哈」笑了起來，笑聲到了一半，突然停止，神色變得十分莊嚴：「當副本在活動的時候，其實也受我控制，你可能覺得他們有特殊的本領，能知道許多他們不應該知道的事，得到他們不應該得到的東西，那全是我根據他們的意願，而使他們的想法，能得到實現。」

我呆呆地望着他：「可是……隔得那麼遠，你在印度……他們在……」

猴神又笑了起來，在他的笑容之中，多少有一點狡獪的意味：「你別忘了，我是猴神！」

我無可奈何地攤了攤手，猴神說道：「好了，還有不明白的事？」

我吁了一口氣：「沒有了，謝謝你，很高興認識你。」我也用了同一句普通的對話，猴神笑着，走過來，向我伸出手來。

我和他握着手，他的手柔軟，而當他站起，來到我的身邊之際，他比我高

出了大約兩個頭。我抬頭看着他：「我還希望多知道一些關於你的星球的事。」

猴神陡地笑了起來：「我是來研究地球人，不是供地球人研究的。而且，你的三個願望，都已經實現了，也不能再來向我要求什麼。」

我嘆了一口氣，我的三個願望都已經實現了。

在猴神講完了那句話之後，眼前重又變成一片漆黑，而且我又感到我的身子在迅速移動，等到我又可以看到東西的時候，先是一陣奪目的光亮，和我初涉足「發光的小徑」時一樣。

接着，眼前又是一黑，我仍然站在那曠野上，眼看着「發光的小徑」在迅速暗下去，不到半分鐘，便已完全消失。

我呆立了很久，想着一切的經過，一直到天亮，才開始步行回去。

一連幾天，我在熱帶森林中打轉，然後用原始的交通工具趕路，一直到了一個小城鎮中，行程才算恢復正常，五天之後，我回家了。

我休息了三天，再去日本。

和整件事有關係的人，全都死了或瘋了，但有一個人例外，這個人是健一。而且，那個能在百分之一秒間，將一個單細胞繁殖成為一個人的裝置，還在那間房間中。我對這個裝置的興趣極濃，至少，通過它，我會看到自己軟弱無依的一面。

到了日本之後，我再去板垣一郎和雲子的幽會地點，才到，就發現那個單位曾經離奇失火，已經什麼也沒有剩下。

接着，我和奈可見了面，一起去看雲子。雲子的下顎看來更尖削，臉色也更蒼白，她仍然是一個毫無希望的瘋子。奈可用最大的耐心陪着她，一見了我，奈可不知嘆了多少口氣。

我也着手調查健一的下落，可是一個多月過去了，一點結果也沒有。

一直到了我已經想離開的那一天，才輾轉聽得在北部一個爬山旅行團的人講起，他們在深山中，曾遇到一個十分奇特的人，那人和一群猴子生活在一起，看起來，好像很快樂。

我猜想這個人可能就是健一，健一在「看到了他自己」之後，辭去了警局的職務，「回到他應該去的地方」去了。他自小在山野中長大，再回到山野中去，不是很自然麼？

而且，和猴子生活在一起，看起來，比和人生活在一起容易多了！

人和人之間，非但不能相互了解，甚至連自己也絕無法了解自己！

人的性格太複雜了，連神通廣大的「猴神」，也承認了他的研究並無結果。

別人怎樣，我不知道，每當我自己照鏡子的時候，我問：我究竟是怎樣的一個人？

這個問題的答案是什麼？

答案是……

（全文完）

衛斯理小說典藏版　67

願　望　猴　神

作　　　者：	衛斯理（倪匡）
責任編輯：	黎倩雲　　常嘉寧
封面設計：	李錦興
出　　　版：	明窗出版社
發　　　行：	明報出版社有限公司
	香港柴灣嘉業街18號
	明報工業中心A座15樓
電　　　話：	2595 3215
傳　　　眞：	2898 2646
網　　　址：	https://books.mingpao.com/
電子郵箱：	mpp@mingpao.com
版　　　次：	二〇二二年八月初版
I S B N：	978-988-8828-12-8
承　　　印：	美雅印刷製本有限公司